Klarant Verlag

***Alfred Bekker*** ist ein bekannter Autor von Krimis, Fantasy-Romanen und Jugendbüchern. Seine Romane erreichten eine Gesamtauflage von über 3 Millionen Exemplaren und wurden in zahlreiche Sprachen übersetzt. Väterlicherseits stammt seine Familie aus Ostfriesland. Sein Großvater war jahrzehntelang Bürgermeister von Twixlum, die dortige Thedastraße ist nach seiner Großmutter benannt. Er selbst lernte als Zehnjähriger auf dem Großen Meer das Segeln und kehrte auch später mit der eigenen Familie immer wieder im Urlaub dorthin zurück. So lag es für ihn nahe, diese Gegend auch zum Schauplatz seiner Kriminalromane zu machen.

**Alfred Bekker**

# Die Tote im Tief

## Ostfrieslandkrimi

**Klarant Verlag**

Klarant Verlag, www.klarant.de – www.ostfrieslandkrimi.de
ISBN: 978-3-95573-749-8
1. Auflage 2018
Umschlagabbildung: Klarant Verlag

Printed in the EU.

## Kapitel 1

Kriminalhauptkommissar Ebbo Steen von der Kripo Emden parkte den Wagen am Straßenrand in der Bedekaspeler Marsch und war froh, dass er für seinen VW überhaupt noch irgendwo einen Platz fand. Es standen nämlich schon jede Menge Fahrzeuge da. Einsatzfahrzeuge zum Teil, aber Steen erkannte auch den weißen Ford von Tammo Tjaden, dem Reporter des Neuen Ostfriesenblattes.

*Wahrscheinlich mal wieder den Polizeifunk abgehört*, dachte Steen. *Das Neue Ostfriesenblatt ist schon am Ort des Geschehens, bevor die Polizei kommt! Würde mich wundern, wenn Tjaden das nicht genüsslich und mindestens doppelt und dreifach in seinem Artikel verbrät!*

Ein etwa achtjähriger Junge kam die Uferböschung hochgerannt und rief seiner Mutter aufgeregt zu: „Da liegt eine Leiche im Kanal, sagen die!“

„Komm her, wir gehen.“

„Aber das ist voll cool!“

„Komm trotzdem.“

„Meinst du, die ziehen die Leiche noch raus?“

„Weiß ich nicht.“

„Aber wozu sind sonst die Taucher hier?“

„Das ist nichts für Kinder.“

„Ach, Mann!“

„Mama – nicht Mann.“

„Ist doch kackegal!“

„So reden wir nicht, woll?“

*Woll – das Erkennungswort für Touristen aus dem Ruhrgebiet*, dachte Steen. *Ist genauso gut wie ein Nummernschild aus Dortmund oder Essen.*

Er atmete tief durch und zog die die Prinz-Heinrich-Mütze fest über den Kopf, da es ziemlich windig war und er keine Lust hatte, das gute Stück hinterher aus dem dunklen Wasser des Tiefs herausfischen zu müssen. Fröstelnd machte er seinen Parka zu. Bundeswehr, Modell 1980er Jahre mit herausnehmbarem Futter, etwas ausgebleicht vom häufigen Waschen, aber ansonsten gut gepflegt.

*War mal cool, ist inzwischen ein Stück fürs Textilmuseum und hält immer noch gut warm*, dachte er.

Und da Steen nicht viel dicker geworden war und den Parka immer noch zubekam, gab es auch keinen Grund, ihn gegen etwas anderes auszutauschen.

Eine Leiche im Knockster Tief - deshalb war Kriminalhauptkommissar Steen hier. Und ein Tief war natürlich kein Kanal, auch wenn in beiden das Wasser stand und nicht floss. Aber sowas wussten „Binnenländer" nicht. Kanäle waren künstliche Schifffahrtswege oder wurden zur Entwässerung angelegt; ein Tief hingegen war ein natürliches Gewässer. Aber eines, das es nur hier an der Küste gab. Entstanden aus Prilen, vom Meerwasser ausgespülten Vertiefungen und Rillen im Gelände, die sich mit Wasser füllten, weil das Land regelmäßig von der Flut überschwemmt wurde. Seitdem es die Deiche gab, kam die Flut nicht mehr und umspülte die Dörfer auf den aufgeschütteten Erdhügeln. Aber die Tiefs hatten sich dauerhaft mit Wasser gefüllt. Früher Brackwasser, das sich nicht entscheiden konnte, ob es salzig oder süß sein wollte. Heute Süßwasser, das überall aus dem feuchten, vollgesogenen Land herausquoll. Und viele Tiefs waren ausgebaggert, damit die Motorboote mit ihren Schrauben nicht stecken blieben.

Ein Tourist konnte die Tiefs für Kanäle halten, für einen Teil des dichten Netzes von Wasserstraßen, das Ostfriesland durchzog wie ein Spinnennetz. Aber Kanäle waren zumeist gerade, richteten sich nach den Grenzen von Feldern, Bauernhöfen, Gemeinden. Tiefs verliefen selten gerade. Die

Kräfte der Gezeiten hatten sie geschaffen und oft in gewundenen Linien in die Marsch gegraben.

Steen drängelte sich durch die Schaulustigen, die gaffend am Ufer standen.

„Aaachtung! Notarzt! Machen Sie bitte Platz!“, rief er mit seiner dröhnenden, durchdringenden Stimme, die die Unterstützung durch ein Megafon nicht brauchte. Es bildete sich eine Gasse.

Alle starrten ihn an.

Und vielleicht fragte der eine oder andere sich, wieso ein Notarzt keine Arzttasche bei sich trug.

Jedenfalls war Platz genug, sodass Steen ungehindert zum Anleger gehen konnte, der zu einem Restaurant gehörte.

Ein großes Schlauchboot lag dort.

„Min Jung, seit wann bist du denn Arzt?“, fragte eine kugelrunde alte Frau, die Inhaberin des Lokals.

Sie war weit über neunzig und nannte wahrscheinlich jeden, der mehr als dreißig Jahre jünger war als sie, 'min Jung'.

Steen kannte sie.

Vor anderthalb Jahren war bei ihr eingebrochen worden und damals war die Aufgabe, diese resolute Alte zu beruhigen, an Steen hängen geblieben.

Aber das war ja nichts Neues.

Immer, wenn Fingerspitzengefühl gefragt war und ein echter Diplomat gebraucht wurde, dann musste Steen ran. Renitente Säufer zählten genauso zur besonderen Zielgruppe des Kriminalhauptkommissars wie alte Damen, die partout nicht einsehen wollten, dass ein hundsgemeiner Wohnungseinbruch wahrscheinlich ungeklärt bleiben würde, weil es einfach zu wenig Hinweise auf den oder die Täter gab.

Steen hatte mit dem Fall eigentlich gar nichts zu tun gehabt. Es war gar nicht sein Ressort gewesen, schließlich war ja niemand gestorben. Erst dann hätte Steen nämlich einen offiziellen Auftritt gehabt. Aber es waren alle Kollegen der Ansicht gewesen, dass er einfach das beste Händchen hatte, um solche Situationen zu meistern.

In dem Augenblick, als sie 'min Jung' zu ihm gesagt hatte, war ihm bereits klar gewesen, dass er die Situation im Griff hatte.

Und so war es dann ja auch gekommen.

Es war ihm tatsächlich gelungen, sie zu beruhigen, was allerdings eine harte Geduldsprobe gewesen war.

Selbst für Steen, der eigentlich mehr Geduld hatte als der ganze Rest der Kripo Emden zusammengenommen.

Ob es jetzt, in diesem Moment, allerdings auch ein gutes Zeichen war, dass sie 'min Jung' zu ihm sagte, da war er sich nicht so ganz sicher.

„Ja, nun säch maal! Wie kommt es denn nun, dat du auf einmal ein Doktor bist, min Jung? Dat gaait doch nooit mit rechten Dingen tau!“

Frau Min-Jung wurde sie von allen genannt, die sie kannten. In Wirklichkeit hieß sie Beate Hinnerksen.

Steen lächelte.

Und er versuchte, es auch wirklich wie ein Lächeln aussehen zu lassen. Und nicht etwa wie ein freches Grinsen. Lag ja beides nah beieinander.

Aber angesichts der Tatsache, dass er wegen einer Leiche hier war, wäre Letzteres wohl sowieso unangebracht gewesen. Jedoch ein verständnisvolles Lächeln mit einer ernsten Note, das ging selbst in dieser Situation, fand Steen.

„Wenn ich gesagt hätte, ich bin Polizist, dann hätte mir doch niemand Platz gemacht.“ Er hob die Augenbrauen und um seine Mundwinkel spielte ein verschmitztes Lächeln. „Oder irre ich mich da?”

Frau Min-Jung seufzte hörbar.

„Jau, dat kann wohl sein“, gab sie nach kurzem Überlegen zu.

„Eben“, antwortete Steen augenzwinkernd.

„Die Welt ist ein falscher Schein.”

„Wer sagt das denn?”

„Unser alter Pastor. Aber den kennst du nicht mehr, min Jung.”

„Nee?”

„Der war schon tot, bevor du geboren wurdest.”

„Na denn …”

„Nun geh schon, min Jung. Dein Kollege wird ungeduldig. Ich hab das so im Gefühl.”

Anscheinend lag Frau Min-Jung mit ihrem Gefühl genau richtig.

„Steen, komm jetzt!“, rief sein Kollege Ulfert Jansen aus dem Schlauchboot. Ein Ruf, den der Kriminalhauptkommissar aus Emden schlecht überhören konnte, obwohl er genau das liebend gern getan hätte. Er konnte sich nämlich wirklich angenehmere Dinge vorstellen, als in einem kippeligen Boot zu sitzen und sich eine Leiche anzugucken.

„Na, los!”, wiederholte Ulfert Jansen seine kollegiale Aufforderung noch einmal und missachtete dabei eindeutig die dienstliche Hierarchie, die eigentlich das Verhältnis der beiden Kripobeamten regelte.

Aber das schien ihn im Augenblick nicht zu kümmern.

Jemand der so hieß, musste von der Küste stammen. Nur hier gab es solche Namen.

Und eigentlich hätte er auch blond sein müssen und bleich. Aber Ulfert Jansen sah ganz anders aus, auch wenn er ein reinblütiger Ostfriese in x-ter Generation war.

Er hatte dunkles Haar und hätte rein optisch betrachtet auch Italiener oder Araber sein können.

„Ja, worauf wartest du denn noch?“

„Ich bin nur im Dienst, nicht auf der Flucht“, antwortete Steen flapsig und mühte sich etwas ab, bis er schließlich bei seinem Kollegen im Boot saß.

Besonders geschickt war Steen dabei nicht. Das Boot schaukelte ganz schön, aber sie schafften es schließlich doch noch abzulegen, ohne zu kentern.

Der Außenborder knatterte.

Ulfert Jansen hatte ihn sicher im Griff, wie sich das gehörte. Er steuerte das Boot in Ufernähe das Tief entlang.

Das Große Meer war ganz in der Nähe.

Gemeint war damit der Binnensee dieses Namens, nicht die Nordsee, denn hier hieß ein See >Meer< und das Meer dafür >die See<. Manche Fremden fanden das verdreht, aber Steen pflegte immer zu sagen: „Alles eine Frage der Perspektive.“

Links am Ufer standen ein paar kleinere Ferienhäuser.

Kleine Hütten zum Teil - nicht solche Prachtbungalows, wie sie das Nordufer des Großen Meeres beherrschten.

Auch hier waren Menschen sensationslüstern stehen geblieben: Bewohner der Häuser, Angler, Spaziergänger.

„So viele Zuschauer kann ich bei der Arbeit nicht leiden“, nörgelte Steen.

„Is schon klar, aber ich hab sie nicht hergerufen.“

„Aber weggeschickt hast du sie auch nicht.“

„Mann, das ist jetzt nicht dein Ernst!“

„Ich sag nur, was ich denke.“

„Und das ist in diesem Fall einfach nur Müll.“

Steen knurrte noch etwas vor sich hin.

Der Wind war heftig, und um ein Haar wäre ihm die Prinz-Heinrich-Mütze vom Kopf geweht, aber er konnte sie gerade noch festhalten.

Sicherheitshalber drückte er sie sich so tief und stramm auf den Kopf, dass sie dort auf jeden Fall bleiben würde.

Irgendwann hatte man diesen Mützentyp mal nach seinem bekanntesten Träger benannt.

Prinz-Heinrich-Mütze eben.

So wie das Madonna-T-Shirt oder der Humphrey-Bogart-Hut.

*Wird Zeit, dass man diesen Mützentyp mal umbenennt,* dachte Steen. *Prinz Heinrich kennt schließlich keine Sau mehr. Helmut-Schmidt-Mütze wäre wohl passender. Aber das hat man wohl in den Siebzigern versäumt. Und jetzt dürfte es zu spät sein. Und irgendwann kennt man dann beide nicht mehr und jeder fragt sich, wieso die Mütze so einen bekloppten Namen hat.*

Sie erreichten schließlich die Stelle, wo das Knockster Tief in einen parallel zum Ufer des Großen Meeres verlaufenden Kanal mündete, der von dem Binnensee wiederum nur durch eine gras- und schilfbewachsene lang gezogene Insel getrennt war.

Ein zweites Boot dümpelte dort vor sich hin.

Es war größer und gehörte dem Amt für Wasserwirtschaft, das hier mal schnell Amtshilfe geleistet hatte.

Es eine Yacht zu nennen, wäre vielleicht etwas übertrieben gewesen. Dazu war es nicht luxuriös genug ausgestattet, aber sonst konnte es diesen Vergleich schon aushalten.

Mehrere Männer und eine Frau waren an Bord und zwei Taucher im Wasser. Sie kamen immer wieder an die Oberfläche und machten irgendwelche Zeichen.

Steen fragte sich, was das sollte.

Auf jeden Fall sah es wichtig aus.

Die Frau an Bord des Motorbootes war Altje Remels, Polizeibeamtin der Schutzpolizei in Emden. Sie war so blond und blauäugig, wie man sich eine echte Ostfriesin vorstellte. Ihre Frisur wirkte immer ein bisschen so, als hätte der letzte Herbststurm sie ordentlich zerzaust.

Sie schob das immer darauf, dass ihre Mütze nicht richtig saß.

Abgesehen davon war Altje Remels ziemlich übergewichtig. Es ging das Gerücht, dass sie einmal einen Einbrecher in Loppersum mit der Drohung: „Stehen bleiben oder ich fall auf dich!" zum Aufgeben bewegen konnte.

Aber das war vielleicht wirklich nur ein Gerücht.

„Moin, Altje", grüßte Steen freundlich.

Aber er sah schon, dass Altje ziemlich geladen war.

Das hatte vielleicht damit zu tun, dass das Boot ziemlich stark schaukelte - Altje stand auf der einen Seite, die zwei Männer an Bord bildeten das Gegengewicht auf der anderen.

„Schön, dass ihr auch endlich mal kommt!", raunzte sie. „Wo bleibt ihr denn?"

„Na hör mal, du weißt doch, was zurzeit auf der Straße nach Emden los ist!", meinte Steen. „Und Ulfert ist ja auch schon eine Weile hier."

„Ja, aber der ist auch erst hier angekommen, nachdem das Boot schon abgelegt hatte", entgegnete die Remels ungehalten und starrte ins Wasser.

Man konnte ihr ansehen, wie schlecht ihr dabei wurde. Das Boot senkte sich bedenklich auf ihre Seite.

Nein, auch wenn sie von der Küste stammte und mit ihren echten blonden Haaren und den echten roten Wangen so aussah wie eine Ostfriesin aus dem Bilderbuch: Eine Seefahrerin würde sie wohl in diesem Leben nicht mehr werden.

Gewässer, die größer als die heimische Badewanne waren, blieben ihr vermutlich auch in Zukunft suspekt.

„Wo ist denn die Leiche?", fragte Steen, während Ulfert das Boot, in dem die beiden saßen, jetzt nahe genug herangebracht hatte.

„Na, da unten immer noch”, sagte die Polizistin und deutete hinab in die Tiefe. Und dabei geriet das Boot wieder ziemlich heftig in Bewegung.

„Vorsicht, Altje”, beschwerte sich einer der Männer an Bord.

„Keine Sorge, wir kentern schon nicht”, gab Altje zurück.

„Das sagst *du*!”, warf ihr Kollege ein.

„Ja, und?”

„Eben!”

„Soll das jetzt eine Anspielung sein?”, fragte Altje, sichtlich pikiert.

„Anspielung? Worauf denn?”

„Auf die paar Pfund zu viel, die ich mit mir herumtrage?”

„Höchstens auf meine Todesangst, Altje!”

„Du übertreibst!”

„Vorsicht!”

„Ich sagte doch, wir kentern nicht!”

Jetzt kam die Leiche hoch. Und wenig später auch einer der Taucher. Er nahm sein Mundstück aus dem Mund und sagte: „Wir mussten sie noch einmal nach unten ziehen, um die Kette besser lösen zu können.”

„Welche Kette?”, fragte Steen.

Der Taucher drehte sich zu ihm um. „Die Tote ist mit einer Kette an einem Gewicht festgemacht worden.”

„Und die war so lang, dass die Leiche auf dem Wasser herumschwamm und von Leuten bemerkt wurde?”, fragte der Kripobeamte.

„Genau, ein geschickter Killer war das nicht”, meinte der Taucher grinsend. „Na ja, es hat eben nicht jeder Talent zum Mörder.”

Steen nickte.

„Stimmt. Für uns natürlich super”, stellte er fest, „so lässt der Täter uns wenigstens auch eine Chance. Man stelle sich vor, wir hätten es immer mit kriminellen Meistermördern zu tun.”

„Häh?”, fragte der Taucher.

„Wäre auf die Dauer ziemlich deprimierend. Auch ein Kommissar lebt vom Erfolgserlebnis.”

„Wat is?” Der Taucher schien Steens laut ausgesprochenen Gedanken nicht folgen zu können.

„Schon gut.”

„Is nicht so wichtig?”

„So isses.”

Ein zweiter Taucher kam an die Oberfläche.

Die Tote war eine ältere Frau.

Sie sah aufgedunsen aus.

Die Zeit im Wasser war ihr offensichtlich nicht gut bekommen und hatte sie sehr verändert.

Steen dachte darüber nach, ob er sie schon mal gesehen hatte.

Schließlich kannte er wirklich viele Leute in der Gegend. Und außerdem las er regelmäßig die Lokalzeitung.

Berichte mit Bürgermeistern, die Senioren zu einem hohen Geburtstag gratulierten und dafür mit den Jubilaren fotografiert wurden, bildeten durchaus einen inhaltlichen Schwerpunkt der Lokalzeitung.

Oft schien es das Einzige zu sein, was berichtenswert war. Wenn jemand einfach nur ein Jahr älter geworden war und das oft genug wiederholt hatte, schien das in dieser ruhigen Gegend schon den Charakter eines Ereignisses zu haben.

„Na, erkannt?”, fragte Ulfert, der Steens Gedanken erraten zu haben schien.

Aber Steen kam nicht darauf, wer die Frau sein könnte und schüttelte den Kopf.

„Echt nich?”

„Nee, echt nich.”

„Kein aufblinkendes Treffer-Zeichen in deinem Kleincomputer unter der Prinz-Heinrich-Mütze?"
„Nee, kein Zeichen."
„Soon Schiet, würde ich mal sagen."
Steen nickte. „Soon Schiet", wiederholte er. „Müssen wir doch zu fortgeschritteneren Methoden der Identifizierung greifen."

## Kapitel 2

Als die Leiche in das Boot gehievt wurde, war das ein Ereignis ganz eigener Art. Hatte etwas von einer Slapstick-Nummer, aber Lachen war für das Publikum aus Pietätsgründen natürlich streng verboten.

Das Hineinhieven der Leiche brachte das Motorboot abermals fast zum Kentern. Danach brachte Altje Remels das Boot gefährlich ins Schaukeln, weil sie eine ziemlich unbedachte Bewegung machte. Und am Ende versuchten auch noch die Taucher, ins Boot zu kommen, das auch eigentlich groß genug dafür war. Aber das bewirkte dann, dass Polizeimeisterin Remels fast über Bord ging. Mit rudernden Bewegungen hielt sie sich auf der trockenen Seite der Reling. Aber das führte dazu, dass das große Motorboot des Amtes für Wasserwirtschaft jetzt in noch heftigere Bewegung geriet.

„Sollen wir helfen?", fragte Ulfert jetzt, obwohl auch das Schlauchboot, in dem er zusammen mit Steen saß, ziemlich ins Schwanken geraten war.

„Untersteh dich!", entgegnete Steen.

„Wie?" Ulfert Augen wurden schmal. Er schien nicht gleich zu schalten.

„Das kriegen die schon alleine hin", sagte Steen. „Man muss auch anderen eine Chance geben, sich zu bewähren."

„Jetzt sag nicht, ich soll zurück zum Ufer rudern!"

„Doch … aber … warte mal."

„Was ist denn?"

„Da drüben im Schilf."

„Was soll da sein?"

„Ruder mal hin, Ulfert."

„Bin ich hier dein Wasser-Taxi, oder was?"

„Jo, bist du."

„Find ich nicht so witzig!"

„Nur für heute, Ulfert. Nur für heute.”

## Kapitel 3

Ulfert ruderte das Schlauchboot also zum Schilf am Ufer. Dort hing ein Taschentuch.

„Bisschen näher, Ulfert!", forderte Steen.

Er beugte sich weit hinaus. So weit, dass er dabei fast seine Mütze verlor.

Dann hatte er das Taschentuch erwischt.

Er hatte dafür ganz ordnungsgemäß einen Latexhandschuh übergezogen. Da er nur noch einen in der Tasche seines Parkas gehabt hatte, konnte er auch nur eine Hand benutzen, um dieses Taschentuch, das ein Beweisstück sein konnte, so zu bergen, dass eine Laboruntersuchung hinterher auch noch Sinn machte.

Er hielt es hoch.

Das Taschentuch wehte wie eine kleine Fahne im Wind.

Die dunkelroten Flecken waren nicht zu übersehen.

„Denkst du, dass das Blut ist?", fragte Ulfert.

Steen zuckte die Schultern. „Kann sein. Kann auch was anderes sein. Du weißt ja, dass das manchmal schwer zu beurteilen ist. Aber spätestens nach dem DNA-Test wissen wir das."

„Ich tippe mal auf die DNA von Ketchup", meinte Ulfert feixend.

„Könnte trotzdem was mit unserem Fall zu tun haben", erwiderte Steen und sinnierte laut: „Jemand hat die Frau ins Wasser geworfen und ihren Fuß mit einer Kette beschwert - wie ein Anker. Vielleicht ist es sogar eine Ankerkette."

Er sah nochmal zu dem Boot des Amtes für Wasserwirtschaft hinüber. Die Tote war inzwischen an Bord. Und die Taucher hatten auch das Ende der Kette befreit, die um den Fuß der Leiche geschlungen worden war.

Es war tatsächlich eine Ankerkette - mit einem Anker dran, wie man ihn zum Beispiel für einen Jollenkreuzer benutzte.

Altje Remels nahm den Anker entgegen.

„Stimmt also", meinte Steen zu Ulfert, als er das sah.

„Es ist ein Anker!", rief Altje Remels.

Steen nickte. Er bewegte dabei das Taschentuch. Irgendwie missdeutete Altje Remels seine Geste. Sie glaubte offenbar, dass Steen sie nicht verstanden hatte.

Deshalb rief sie noch einmal: „Es ist ein Anker, Steen!"

Sie schrie das so durchdringend, dass man es bei dieser Windrichtung vermutlich noch auf der anderen Seite des Großen Meeres hören konnte. Irgendein Blesshuhn gab eine genauso schrille Antwort darauf.

Möglicherweise hatte Altje Remels gerade seltene Wasservögel bei der Brut gestört.

Als Steen dann sah, dass Tammo Tjaden vom Neuen Ostfriesenblatt sich am Ufer stehend eifrig Notizen machte, dachte der Kommissar: *Dann hat ja die Presse wenigstens auch etwas zu berichten!*

## Kapitel 4

Eine Viertelstunde später lag die Tote dann auf der Asphaltfläche bei der Anlegestelle. Es waren nicht mehr ganz so viele Schaulustige da.

In der Zwischenzeit hatte Tammo Tjaden mehrfach mit seiner Redaktion telefoniert.

Jetzt wandte er sich an Steen. „Können Sie mir schon Näheres sagen?“

„Nö“, erwiderte Steen.

„Aber bevor sich Gerüchte verbreiten, sollten Sie doch besser eine Erklärung für unsere Leser abgeben“, versuchte Tjaden, den Kommissar doch noch aus der Reserve zu locken.

„Dann müsste ich aber erstmal was wissen“, gab Steen zurück und wandte sich ab.

„Was ist denn mit dem Taschentuch? Stammt das vom Mörder?“

Steen drehte sich nochmal zu Tjaden. „Keine Ahnung.“ Damit betrachtete er das Gespräch als beendet.

Altje Remels und die Männer vom Motorboot samt Taucher waren inzwischen wieder an Land. Steen hielt immer noch das Taschentuch in der Hand mit dem Latexhandschuh.

Er hatte bisher keine Möglichkeit gefunden, es loszuwerden. Verstärkung war inzwischen unterwegs, zusammen mit einem Wagen für den Leichentransport. Fotos waren auch reichlich gemacht worden.

„Kennt jemand diese Frau?”, fragte Steen mit durchdringender, fast dröhnender Stimme. Einer Stimme, die auch gegen den ostfriesischen Wind ankam, wenn es sein musste.

Zuerst herrschte Schweigen.

Frau Hinnerksen, die kugelrunde Alte, die immer 'min Jung' sagte, meldete sich.

„Ich kenne die Tote", sagte Frau 'Min Jung'. Sie hatte jetzt eine Brille auf. Es war ein Gestell im rustikalen Charme der fünfziger Jahre. *Wenn sich ihre Sehstärke seit damals wirklich nicht geändert hat, dann ist das ein erstaunliches Phänomen*, dachte Steen.

Frau Min-Jung trat etwas vor.

Umständlich und langsam, wie das so ihre Art war, die ihr in ihren Neunzigern nun auch niemand übel nahm.

Es wurde allerdings erzählt, dass sie auch vorher nie anders gewesen war.

Sie beugte sich etwas vor und dabei rutschte ihr die Brille ein Stück die Nase hinunter.

Sie nickte wissend.

„Jau, dat is sie!", stieß Frau 'Min Jung' dann hervor. „Dat is sie wirklich."

Steen fragte: „Wer denn?"

„Bernhardine Geiken."

„Wissen Sie auch, wo sie wohnt?", erkundigte sich Steen. „Oder besser gesagt: gewohnt hat?"

*Überflüssig, sich zu korrigieren!*, merkte Steen schon im nächsten Augenblick.

Menschen aus der Generation von Frau 'Min Jung' gaben nichts auf die Feinheiten der hochdeutschen Sprache, die die meisten von ihnen sowieso erst in der Schule gelernt hatten.

„Ja, früher, da haben die hier im Dorf gewohnt und die Bernhardine ist immer zu mir in den Laden gekommen und hat sich Kaugummis und Brausetabletten gekauft. So Dönekens, was die sich früher so gekauft haben. Auch mal ein Eis im Sommer. Aber das ist jetzt auch schon lange her. Die Bernhardine ist ja jetzt auch schon mindestens siebzig gewesen."

„Wo wohnte sie jetzt?", fragte Steen. „Wissen Sie das auch?"

„Min Jung, da lass mich jetzt erstmal nachdenken."

„Die Frau hat eine Wunde am Kopf", sagte jetzt Ulfert Jansen, der sich die Leiche etwas genauer ansah. Steen musste das nicht haben. Der wünschte sich, dass ein Gerichtsmediziner kam. So wie im Fernsehen. Und dass der dann am besten schon erste Informationen über den Täter geben würde: Rechts- oder Linkshänder, Mann oder Frau, rothaarig oder blond und was man sonst noch an fahndungsdienlichen Hinweisen gebrauchen konnte.

Aber solche Gerichtsmediziner gab es nur in den Fernsehkrimis.

In der Realität sah die Sache etwas anders aus.

In der Realität würde die Leiche von Bernhardine Geiken nun wohl abgeholt und ins gerichtsmedizinische Institut nach Oldenburg gebracht werden. Und da würde sich dann ein Pathologe um die Sache kümmern, sobald er Zeit hatte. Die Crew des Instituts war klein, Steen kannte alle persönlich, hielt den Großteil von ihnen auch für kompetent und ein paar auch für sympathisch. Eine vollständige Obduktion dauerte nicht länger als zwei bis drei Stunden. Aber bevor die durchgeführt wurde, musste sie erstmal bewilligt werden. Schließlich verursachte so eine Maßnahme ja Kosten.

Kostbare Arzt- und Laborstunden.

Es konnte sehr schnell gehen, bis Steen die Ergebnisse auf dem Schreibtisch liegen hatte.

Aber das Gegenteil war genauso möglich. Dass man endlos warten musste und erst durch Telefonterror bei den Kollegen in Oldenburg und an verschiedenen anderen Stellen, die in den Fall involviert waren, zum Ziel kam.

„Also, wenn du mich fragst, das war stumpfe Gewalteinwirkung, Steen”, sagte Ulfert jetzt, obwohl ihn niemand gefragt hatte.

„Du meinst, sie hat eins über'n Schädel gekriegt”, brachte Polizeimeisterin Altje Remels die Sache auf den Punkt. „Und dann hat man sie in das Knockster Tief geworfen.” Sie atmete tief durch und schnaufte dabei. „Muss jemand gewesen sein, der ein Boot hat, bei dem man so einen Anker benutzt, wie wir ihn gefunden haben”, schloss sie messerscharf.

„Dann sollten wir am besten mal drüben auf der anderen Seite vom Großen Meer nachsehen”, meinte Ulfert. „Im Bootshafen.”

„Ulfert, das hier ist Ostfriesland! Scheint so, als hättest du das in der Zeit, in der du weg warst, irgendwie vergessen.”

„Wieso?”

„Weißt du, wie viele Boote es hier gibt? Nicht nur die paar Segeljollen und Jollenkreuzer im Hafen vom Yachtverein da drüben oder bei dem Campingplatz oder beim Landhaus … Der Anker könnte doch auch von einem der vielen anderen Boote stammen, die hier durch die Kanäle schippern. Sollen wir die alle kontrollieren?”

„Na ja, irgendwo müssen wir ja anfangen, finde ich.”

„Irgendwo? Ulfert! Nicht irgendwo, sondern da, wo es Sinn macht. Verstehst du mich?”

Ulfert verdrehte die Augen.

Steen wartete unterdessen immer noch darauf, dass Frau 'Min Jung' sich wieder erinnerte und ihre Gedanken soweit zu ordnen vermochte, dass der Kommissar damit auch etwas anfangen konnte.

„Frau …”

„Ja, nicht so ungeduldig, Min Jung!”, sagte sie etwas gereizt. „Ik bün noch ganz tüdelig. Sowas passiert ja nicht alle Tage. Und vor allem frage ich mich, wie es passieren konnte, dass jemand eine Frau in das Tief werfen kann, ohne dass hier irgendjemand etwas gemerkt hat! Min Jung, es sind ja schließlich Häuser in der Nähe, nicht wahr?"

„Ja, das stimmt."

„Aber trotzdem hat offensichtlich niemand was gemerkt, sonst hätte man euch ja früher informiert!"

„Jo", meinte Steen gedankenverloren.

„Aber es ist ja auch ziemlich dunkel hier, wenn es Nacht ist. Die Gemeinde spart und das bedeutet, dass die Straßenbeleuchtung abgeschaltet wird. Ich habe das nie gut gefunden, min Jung. Und früher, da hat es sowas auch nicht gegeben!"

„Jo!", wiederholte Steen nun etwas energischer, denn er wollte dieses Gespräch jetzt beenden.

Erstens hatte er das Gefühl, dass nicht mehr viel dabei herauskam.

Und zweitens wusste er auch, was jetzt noch kommen würde.

Dazu kannte er Frau 'Min Jung' nämlich inzwischen seit seiner ersten Begegnung mit ihr gut genug.

Wenn sie sagte 'Früher hat es so etwas nicht gegeben, Min Jung'', dann meinte sie damit eigentlich: 'Unter Hitler hat es so etwas nicht gegeben.'

Aber Frau Min Jung hatte im Laufe der Jahre dazugelernt und wusste, dass so mancher sie plötzlich nicht mehr für eine nette Uroma hielt, wenn sie anfing, von früher zu reden.

Und Steen hatte im Moment einfach keine Lust dazu, mit Frau 'Min Jung' darüber zu diskutieren, wie es unter Hitler wirklich gewesen war. Schon deshalb nicht, weil sie dann nämlich sagen würde: 'Min Jung, du warst ja auch nicht dabei!'

Altje Remels hatte inzwischen die Adresse von Bernhardine Geiken herausgefunden. Und zwar über eine

Internetsuche mit ihrem Handy. Bernhardine Geiken stand nämlich im Telefonbuch, so wie sich das gehörte.

„Können wir gleich hinfahren", schlug sie vor.

„Sie wohnte ja allein, seit ihr Mann gestorben ist und Kinder hatte sie keine", sagte Frau Min Jung jetzt. „Ich frage mich wirklich, wer die umgebracht haben könnte. Also früher …"

„Hat's sowas nicht gegeben", unterbrach Steen sie. „Ich weiß."

„Wie willst du das wissen, Min Jung? Du warst doch gar nicht dabei!", sagte Frau 'Min Jung' jetzt.

*Die dreht einem aber auch das Wort im Mund herum!*, dachte Steen.

Der Kriminalhauptkommissar wandte sich nochmal an Altje.

„Wenn du das Telefon schon in der Hand hast, Altje, dann kannst du ja auch noch einen Schlüsseldienst anrufen und zu Bernhardine Geikens Adresse bestellen."

Altje Remels sah Steen an und runzelte die Stirn.

„Wieso das?"

„Weil uns wahrscheinlich niemand öffnen wird, wenn wir vor ihrer Haustür stehen - wenn sie wirklich allein gelebt hat. Einen Schlüssel haben wir bei der Untersuchung der Kleidung ja leider nicht gefunden."

„Nein, so meinte ich das eigentlich nicht", stellte Altje Remels klar.

Steen hob die Augenbrauen. Weil sich dabei seine Kopfhaut bewegte, hob sich deswegen auch ein ganz kleines bisschen der Schirm seiner Prinz-Heinrich-Mütze.

„Wie denn dann?", fragte er.

„Na, traust mir denn nix zu, Steen? So eine Tür aufbrechen, das kriege ich ja wohl noch selber hin! Wo kämen wir denn da hin, wenn wir für solche Kleinigkeiten auch noch Steuergelder zum Fenster hinauswerfen würden!"

„Mir wäre trotzdem ein Schlüsseldienst lieber", sagte Steen.

Altje gefiel das nicht.

Man musste weder ein Frauenversteher noch ein Polizistenkenner sein, um das zu erfassen. Steens norddeutsche Rustikalpsychologie reichte dafür vollkommen aus. Aber er hatte seine Gründe dafür, dass er Altjes besonderen Einsatzwillen in diesem speziellen Fall nicht ganz so zu schätzen wusste.

*Sie macht eben auch öfter mal was kaputt!*, rief er sich ins Gedächtnis. *Und dem muss man ja irgendwie auch Rechnung tragen. Die Geschickteste ist sie ja nun wirklich nicht.*

In etwas abgewandelter Form traf das allerdings auch auf Kommissar Steen zu, weswegen es seiner Meinung nach auch wirklich geboten war, jemanden mit dem Öffnen der Wohnung zu betrauen, der davon auch Ahnung hatte.

## Kapitel 5

Später trafen sich Polizeimeisterin Altje Remels und Kommissar Steen dann vor dem Bungalow von Bernhardine Geiken.

Rot verklinkert war dieser Bungalow. So, wie es den strengen Neubauvorschriften der Gemeinde entsprach. Und die waren recht eng. Roter Klinker war obligatorisch. Und schon eine andere Fugenfarbe als fugengrau galt als architektonischer Firlefanz, der den Charakter des Ortes in unzulässiger Weise verändern könnte.

„Wo ist Ulfert?", fragte Altje, während sich Steen schon mal die Latexhandschuhe überzog.

„Ich habe ihn zum Großen Meer geschickt. Zu den Campingplätzen und Bootsanlegern."

„Wegen dem Anker?"

„Genau. Der muss ja jemandem fehlen."

„Würde ich auch so sehen."

Altje Remels schaute auf ihre Uhr und schnaufte. „Verstehe nicht, wieso der Schlüsseldienst noch nicht hier ist!"

„Wen hast du genommen?"

„Bruns aus Aurich."

„Na, dann soll der ja wohl bald hier sein."

„Echt, ich verstehe das nicht, Steen." Sie schaute nochmal auf die Uhr. „Also, wenn du mich da ranlässt, Steen ..."

„Besser nicht, Altje!"

„... dann wäre das schon längst offen!"

Steen drückte jetzt auf den Klingelknopf.

„Und was soll das jetzt?", fragte Altje. „Wer soll denn da öffnen?"

„Altje ...!"

„Da kann doch niemand zuhause sein!"

„Ich dachte, ich probier's mal", sagte Steen. „Schaden kann es ja schließlich nicht."

Auf der anderen Seite der Haustür war ein rumpelndes Geräusch zu hören. Mit etwas Fantasie konnte man es auch für Schritte halten. Jemand schien irgendwo gegen etwas gestoßen zu sein.

Steen und Altje sahen sich verwundert an.

„Einbrecher", kombinierte Altje blitzschnell.

„Einbrecher!", bestätigte Steen.

Der Kommissar griff zur Dienstwaffe. Oder besser, er wollte danach greifen, aber der Reißverschluss seines Bundeswehr-Parkas hatte die besten Zeiten wohl eindeutig hinter sich. Das Ding hatte sich verhakt und jetzt kam er erstmal nicht an die Waffe heran. Dass der Reißverschluss manchmal etwas zickig sein konnte, wusste er wohl. Und mit Latexhandschuhen an den Fingern hatte Steen sowieso keine Chance, die Sache in Ordnung zu bringen. Wenn er die übergestreift hatte, war einfach zu wenig Gefühl in den Fingern.

Altje Remels war da natürlich schneller. Sie hatte ihre Dienstwaffe in der Faust, als sich die Tür öffnete.

Die Frau, die da stand, sah aus, wie eine jüngere Ausgabe von Bernhardine Geiken. Sogar wie eine wesentlich jüngere Ausgabe. Die Augen der Frau waren weit geöffnet und ein Ausdruck von blanker Panik trat jetzt in ihre eben noch recht entspannt wirkenden Züge. Sie blickte wie erstarrt in die Mündung von Altje Remels Dienstpistole.

„Steen, Kriminalpolizei", sagte Steen. „Das ist Polizeimeisterin Altje Remels."

„Ja, ich weiß", sagte die Frau. „Die Altje hat doch immer früher bei unserem Großvater in Larrelt die Äpfel geklaut."

„Sie kennen meine Kollegin?", wunderte sich Steen.

„Das ist Kirsten Oltrogge", sagte Altje und die Art und Weise, wie sie dann sehr zögernd die Waffe senkte, zeigte, dass sie das Schießeisen am liebsten gar nicht gesenkt hätte.

*Nein, am liebsten würde sie wohl einfach abdrücken*, ging es Steen durch den Kopf. *Warum auch immer.*

Steen kannte Altje gut genug, um in manchen Situationen ihre Gedanken lesen zu können. Bei jemandem wie Altje Remels war das im Übrigen auch keine Kunst. Was sie dachte, stand ihr oft genug so deutlich ins Gesicht geschrieben, dass man es einfach nicht übersehen konnte. Selbst wenn man sie nicht so gut kannte.

Kirsten Oltrogge musterte Altje.

„Anscheinend bist du von geklauten Äpfeln auf Schokolade umgestiegen", sagte sie schlagfertig.

Altje steckte nun endlich die Waffe weg und sah zu Steen hin. „Kirsten Oltrogge, die Petzliese aus unserer Klasse. Nachdem sie sitzen geblieben war, hatten wir es richtig nett im Unterricht."

„Nachdem ich weg war, hatte ich wenigstens einen ganzen Stuhl für mich allein und musste nicht die Hälfte davon an meine dicke Nachbarin abgeben. Oder warst du damals noch gar nicht so gut genährt und ich verwechsle dich jetzt mit der fetten Imke?" Kirsten Oltrogge zuckte mit den Schultern. „Ist ja auch schon lange her."

Altje Remels hätte zu gerne etwas erwidert.

Aber sie war so wütend, dass sie im Moment keinen Ton herausbekam. Dass sie als Polizeibeamtin in kritischen Situationen deeskalierend wirken müsste, hatte sie in diesem Augenblick natürlich vollkommen vergessen. Und das wäre auch keinesfalls ein Grund für sie gewesen, ihr Temperament angesichts ihrer von Sekunde zu Sekunde übler werdenden Laune auch nur ein bisschen zu zügeln.

Altje kochte innerlich. Ihr Blutdruck musste besorgniserregende Werte erreicht haben. Das Gesicht war puterrot angelaufen und ihr Gesichtsausdruck bekam etwas Maskenhaftes. Ein Lächeln konnte man das beim besten Willen nicht mehr nennen. Für Steen wirkte das, was sich in diesem Moment in den Gesichtszügen seiner Kollegin abspielte, eher wie ein Zähnefletschen.

*Ein Druckkessel kurz vor der Explosion*, dachte Steen. *Aber ob das wirklich eine gute Idee ist, den Druck abzulassen?*

In diesem Augenblick kam der Wagen vom Schlüsseldienst.

Und das rettete die Situation.

*Bruns* stand auf dem Van. Und darunter waren über einem großen, geschwungenen Schlüssel Adresse und Telefonnummer in Aurich aufgeführt.

Ein Mann mit einem handlichen Werkzeugkoffer stieg aus und kam näher.

„Bruns. Mit wem habe ich telefoniert?"

„Mit mir", sagte Altje. Und damit war jetzt erstmal die Luft raus.

Buchstäblich.

Altje Remels atmete so laut und hörbar aus, dass es so klang, als würde eine Lokomotive Dampf ablassen.

Bis in die Siebziger waren diese schnaufenden Ungeheuer im Bahnhof Emden West eingelaufen. Steen erinnerte sich noch daran. Und immer, wenn Altje Remels sich über etwas aufregte, musste er daran denken. Die schnaufenden Lokomotiven, die in einer Wolke aus wabernden Dampfschwaden im Bahnhof standen, während die Fahrgäste einstiegen. Wenn Steen als Junge zu Besuch zu seiner Tante nach Rheine geschickt wurde, dann war er in so einen Zug gestiegen.

„Dann sind Sie Frau Remels?", fragte der Mann vom Schlüsseldienst.

„Polizeimeisterin Remels, das bin ich. Die Sache hat sich inzwischen erledigt."

„Was soll das denn heißen?"

„Es tut mir leid, wenn Sie dadurch jetzt Unannehmlichkeiten hatten."

„Unannehmlichkeiten? Ich hatte Aufwendungen!"

„Berechnen Sie dafür, was üblich ist", mischte sich jetzt Steen ein, der es inzwischen geschafft hatte, den Reißverschluss seines Parkas zu lösen. So kam er jetzt auch an die Innentasche seines Jacketts, und dort steckte sein Dienstausweis, den er nun hervorholte.

„Gut", sagte der Mann vom Schlüsseldienst, stieg kopfschüttelnd wieder in seinen Van und fuhr davon.

Steen hatte den Ausweis aber nicht in erster Linie für ihn hervorgeholt, sondern für Kirsten Oltrogge. Die hatte zwar keine Zweifel daran geäußert, dass er Kripobeamter war, aber Steen ging in puncto Ausweis vorzeigen immer gerne in die Offensive. „Zwei Dinge: Erstens möchte ich wissen, was Sie in diesem Haus zu suchen haben und zweitens, in welcher Beziehung Sie zu Frau Bernhardine Geiken stehen."

Bisher hatte Steen recht entspannt und locker gewirkt. Doch jetzt hatte er einen Ton angeschlagen, der klarmachen sollte, wer hier die Richtung vorgab.

„Also, ich bin die Nichte von Frau Geiken", erklärte Kirsten Oltrogge ohne Umschweife, „und ich komme alle zwei oder drei Tage bei ihr vorbei, um nach dem Rechten zu schauen. Ich meine, die Tante Bernhardine kriegt ja nicht mehr alles so richtig auf die Reihe."

„So alt war sie doch noch gar nicht", meinte Altje Remels schnippisch.

Kirsten Oltrogge warf ihr einen verächtlichen Blick zu.

Mit dieser Frau wollte sie kein Wort mehr reden, so schien es. Wenigstens kein freundliches Wort. Und am besten vermied man jeden ungeschützten Verbalkontakt. Da konnte die dicke Altje noch so wichtig sein. Auch als Polizeimeisterin bekam sie nicht mehr Beachtung, als sie verdiente. Und das war genau null Komma null auf der nach unten offenen Ignoranz-Skala.

Kirsten Oltrogge war anscheinend ein Mensch, der wusste, wer wichtig war und sich deshalb immer auf die Alpha-Tiere konzentrierte. Direkt und herausfordernd. Und manchmal auch ein bisschen unverschämt. Jedenfalls hob sie das Kinn und sah Kommissar Steen für ein paar Augenblicke direkt in die Augen. Das waren ein paar Augenblicke mehr, als für so einen sozialverträglichen Blickkontakt eigentlich reserviert sein sollten. Aber das war volle Absicht. In Larrelt bei Emden, wo Kirsten Oltrogge herkam, nannte man sowas verfeinerten Charme.

„Es ist halt unterschiedlich, wie jeder so zurecht ist", sagte sie.

„Und Ihre Tante brauchte diese Hilfe", schloss Steen.

„Sie ist sehr froh darum."

„Jo, wenn Sie das sagen. Ich nehme an, Sie haben einen Schlüssel zum Haus?"

„Habe ich."

„Wann haben Sie Frau Geiken denn zuletzt gesehen?"

Jetzt schwieg Kirsten Oltrogge.

Ihr Gesicht zeigte einen Ausdruck, den man schwer genauer definieren konnte. *Erschrecken?*, fragte sich Steen. *Ist es Erschrecken, was da zu sehen war? Oder was anderes?*

Er war sich nicht sicher.

Und jetzt war es Steen, der Kirsten Oltrogge etwas länger als üblich in die Augen schaute. Prüfend und durchdringend.

Kirsten Oltrogge runzelte die Stirn.

„Was ist mit Tante Bernhardine?", fragte sie jetzt. „Wieso sind Sie überhaupt hier? Ist ihr etwas passiert?"

„Sie ist tot", sagte Steen ohne Umschweife.
„Tot?"
„Wir gehen davon aus, dass sie ermordet wurde."
„Oh mein Gott!"
Sie schlug die Hände vor das Gesicht.
„Sie gestatten, dass wir ins Haus gehen, und uns umsehen", sagte Steen.
Er erntete dafür einen tadelnden Blick von Altje Remels. Ein Blick, der in etwa zu sagen schien: War jetzt aber auch nicht sehr sensibel, Herr Kommissar. Aber das war Steen egal. So war er nun mal. Und so hielt er sich an und für sich auch für mindestens so feinfühlig wie Altje.
An und für sich. Das hieß ja nicht unbedingt immer und bei jeder Gelegenheit.
„Dürfen Sie das denn so einfach?", fragte jetzt Kirsten Oltrogge. Da war Steen aber schon an ihr vorbeigegangen und hatte den langen Flur bereits beinahe hinter sich gelassen. Er ging durch eine halboffene Tür und stand im Wohnzimmer. Ihm fiel auf, dass die Schubladen eines großen, schweren, sehr ausladenden und sehr altmodischen Schreibtischs offen standen. Da hatte jemand was gesucht.
*Interessant*, dachte Steen. Er sah sich die Sache an.
„Ich habe Sie was gefragt", sagte Kirsten Oltrogge jetzt, denn Steen beachtete sie nicht weiter. Und sowas konnte sie wohl nicht so gut ab.
„Ja, ich darf das", sagte Steen dann. Seine Stimme klang hart und schroff. Und glasklar. Er deutete auf den Schreibtisch. „Dürfen Sie denn sowas?", fragte er.
„Das war ich nicht", antwortete Kirsten Oltrogge etwas ungehalten.
Auf Steens Stirn erschien eine tiefe, v-förmige Furche. „Ist denn noch jemand im Haus?", wunderte er sich.
Kirsten Oltrogge schüttelte den Kopf. „Nein, das nicht …", gab sie zu.

„Wer sollte dann also außer Ihnen den Schreibtisch durchwühlt haben?"

„Keine Ahnung. Aber das war schon so!"

„Das würde ich an Ihrer Stelle jetzt auch behaupten."

„Versuch jetzt besser nicht wegzurennen, Kirsten", mischte sich Altje Remels ein.

„Was dann?", fragte Kirsten Oltrogge. „Kommt irgendeine Drohung von dir, oder was? Dich hat man doch schon in der Grundschule beim Gummitwist nur mitmachen lassen, weil du sonst zur Lehrerin gegangen wärst, um zu petzen!"

„Frau Oltrogge, es geht um diesen Schreibtisch hier!", dröhnte Steens Stimme dazwischen und zwar so durchdringend, dass Kirsten Oltrogge daraufhin dunkelrot anlief. „Bernhardine Geiken wurde erschlagen, jemand hat sie mit einer Ankerkette im Knockster Tief zu versenken versucht und wir treffen Sie jetzt hier unter sehr dubiosen Umständen an! Das müssen Sie uns schon erklären - und die Erklärung, die Sie uns gerade gegeben haben, ist alles andere als ausreichend."

Kirsten Oltrogge sagte nichts.

Vielleicht war sie jetzt eingeschüchtert.

Oder sie überlegte sich noch eine bessere Ausrede.

Steen war sich da trotz der Menschenkenntnis, die er sich in all den Jahren in seinem Job erworben hatte, nicht so ganz sicher.

„Haben Sie sich vielleicht Hoffnungen darauf gemacht, dass Sie etwas erben, wenn Frau Geiken das Zeitliche segnet?", fragte Steen nun. „Haben Sie den letzten Willen Ihrer Tante gesucht?"

„Quatsch. Was Sie so denken ..."

„Ja, wenn Sie nichts sagen, machen sich die Gedanken eben selbstständig und fügen das eine zum anderen zusammen. Und da ist noch mehr. Ich erzähle Ihnen, dass Frau Geiken ermordet wurde. Aber Sie interessieren sich überhaupt nicht für die Umstände. Sie fragen nicht nach. Es scheint Sie entweder nicht sonderlich zu interessieren, was mit Ihrer Tante genau geschehen ist, oder Sie wussten es bereits. Oder …"

„Ich habe sie nicht umgebracht!", rief sie nun dazwischen. Jetzt endlich schien die kleine, brodelnde und unter immer stärker werdendem Druck stehende Magmakammer ihres persönlichen, gut verborgenen Gefühlsvulkans ausgebrochen zu sein und alles kam an die Oberfläche. Darauf hatte Steen gesetzt. Er hoffte nur, dass es auch wirklich *alles* war, was da nun emporbrodelte und nicht noch irgendetwas Entscheidendes unter der Oberfläche verborgen blieb.

*Erstmal hören, was sie sagt*, dachte Steen.

„Ich habe sie nicht umgebracht!", wiederholte Kirsten Oltrogge. Sie fing an zu schluchzen, was bei ihr etwas inszeniert aussah. Ihre Arme verschränkte sie vor der Brust. *Sie sieht jetzt aus wie ein trotziges Kind*, dachte Steen. „Und dass es hier so aussieht, das kann ich schon erklären, aber Sie werden es vielleicht nicht glauben."

„Überlassen Sie ruhig mir, was ich glaube und was nicht", sagte Steen. „Wenn Sie einfach die Wahrheit erzählen, dann passt das am Ende schon zusammen."

„Ach, ja? Da sind Sie sich auch ganz sicher?"

„Ganz sicher", erklärte Steen.

„Also, ich sagte ja, dass Tante Bernhardine nicht die Ordentlichste war. Sie hatte nie richtig Ordnung in ihren Sachen. Und in ihrem Leben auch nicht. Jedenfalls war es nichts Ungewöhnliches, dass sie mal nicht wusste, wo sie etwas hingelegt hatte. Wenn sie das dann brauchte, hat sie wie eine Verrückte gesucht und dabei oft genau so ein Riesenchaos angerichtet. Und als ich hier in die Wohnung kam, habe ich mich deswegen auch nicht gewundert, dass es hier so aussieht."

„Sie haben also gedacht, dass Ihre Tante etwas gesucht hat", vergewisserte sich Steen, ob er Kirsten Oltrogges Aussage richtig verstanden hatte.

„Ja", sagte sie und zur Bekräftigung nickte sie noch einmal, sehr betont und sehr heftig.

„Und was könnte das gewesen sein?"

„Tja, wenn ich das wüsste!"

„Warten Sie hier, wir haben vielleicht noch Fragen an Sie", befahl Steen nun.

Der Kommissar sah sich jetzt den Schreibtisch und die Schubladen selbst einmal an. Er suchte nach Fingerabdrücken, vielmehr nach Stellen, an denen es sich lohnen könnte, welche zu nehmen. Leider hatte er dafür kein Team von Spurensicherern. Das musste er selbst machen. Aber gelernt war gelernt. Das würde ihn nicht vor unüberwindbare Hindernisse stellen.

Und dann entdeckte er den Computer.

Der hatte eine extra Ecke.

„Haben Sie die ganzen Kabel herausgezogen?", fragte Steen.

Aus irgendeinem Grund schien der Nichte der Toten diese Frage Unbehagen zu bereiten. Sie wirkte plötzlich sehr viel nervöser als ohnehin schon.

„Ich weiß jetzt ehrlich gesagt nicht, was diese Frage soll."

Steen machte diese Antwort leicht verdrießlich. Was bildete die sich ein? Schließlich war er hier der Ermittler und er konnte Fragen stellen, so viele er wollte und wonach immer es ihn zu wissen verlangte. Seinen Unmut entlud Steen dann allerdings nicht in einer galligen Bemerkung, sondern in einem tiefen Seufzer, der auch als verzweifeltes Luftholen hätte durchgehen können. Zumindest war damit kein offenkundiger Affront verbunden und so war nicht anzunehmen, dass die Situation eskalierte.

„Frau Oltrogge, ich werde diesen Computer auch auf Fingerabdrücke untersuchen. Also, wenn Sie ihn angefasst haben, dann können Sie es mir auch gleich sagen."

„Verdächtigen Sie mich wegen irgendetwas? Ich kümmere mich um meine Tante und ich denke nicht, dass das ein Verbrechen ist."

„Ihre Fingerabdrücke bräuchte ich im Übrigen auch", sagte Steen. „Das können Sie gleich hier machen. Ich habe meinen Tatortkoffer im Wagen, ich kann sie Ihnen direkt abnehmen."

„Ich denke gar nicht daran!" Kirsten Oltrogge verschränkte die Arme vor der Brust. Fast so, als wollte sie dadurch auch gleich ihre Finger verstecken.

Steen atmete noch einmal tief durch. *Diese Frau kann einem wirklich den letzten Nerv rauben*, dachte er. Und abgesehen davon hatte er das Gefühl, dass irgendetwas mit ihr nicht stimmte. Ihre Reaktion war gelinde gesagt seltsam, fand Steen. Aber er würde herausbekommen, worum es da ging.

„Ich dachte, es wäre eine Erleichterung für Sie", sagte er darum freundlich.

„Erleichterung?" Kirsten Oltrogge runzelte die Stirn.

„Ja, Sie brauchen dann wegen der Prozedur nicht extra auf die Wache in Emden kommen."

„Ach so."

„Außerdem würde dann wohl unsere Altje die Fingerabdrücke nehmen - ich meine Frau Polizeimeisterin Remels", fuhr Steen dann nicht ohne Hintergedanken fort.

Altje grinste triumphierend.

Kirsten Oltrogge hingegen schien von der Aussicht, ausgerechnet von ihrer ehemaligen Mitschülerin die Fingerabdrücke abgenommen zu bekommen, nun wirklich alles andere als begeistert zu sein.

„Sie haben es darauf angelegt, mich zu ärgern?“, wandte sich Kirsten Oltrogge an Steen, nachdem sie Altje einer weiteren Musterung unterzogen hatte, die keinerlei Zweifel an ihrer Abneigung ließ.

„Ich habe es nur darauf abgesehen, Ihre Kooperationsbereitschaft etwas zu fördern“, hielt Steen ihr entgegen. „Und abgesehen davon habe ich einfach so viel um die Ohren, dass es nicht anders geht.“

„Hm“, brummte Kirsten Oltrogge. „Und wenn das hier passiert, ist das anders? Da haben Sie mehr Zeit?“

„Wenn das hier geschieht, bin ich sowieso mit dem Fingerprint-Set beschäftigt. Sehen Sie, wir werden das ganze Haus nach Fingerabdrücken untersuchen. Und da ist es für uns natürlich wichtig, dass wir die Abdrücke der Personen, die hier üblicherweise ein- und ausgegangen sind, von denen unterscheiden, die vielleicht sonst nicht hier gewesen sind ...“

Steens letzte Worte waren deutlich langsamer gewesen, als er sonst zu sprechen pflegte.

Sein Blick ging an Kirsten Oltrogge vorbei.

Sie schien das auch zu bemerken.

„Was ist denn los?“, fragte sie.

Steen deutete auf den niedrigen Tisch aus Glas auf der anderen Seite des Wohnzimmers. Er war offenbar mal ziemlich heftig umgestoßen worden, denn an der Wand war eine Schramme in der Tapete zu sehen. Steen ging darauf zu und sah sich das genauer an. Die Schramme passte genau zur Kante des Tisches. Und auf dem Boden lag ein Aschenbecher. Einer, bei dem sich, wenn man auf den Knopf in der Mitte drückte, der Boden senkte und drehte, sodass die Asche darunter verschwand.

„Das es sowas noch gibt“, murmelte Steen.

„Was denn?”, fragte Altje, die etwas irritiert dastand und sich keinen Reim darauf machen konnte, was Steen gerade so beschäftigte.

„Der Aschenbecher.”

„Ach, so ein Ding hat mein Opa auch gehabt.”

„Bis in die Siebziger waren die ziemlich verbreitet”, meinte Steen. „Hat Ihre Tante geraucht, Frau Oltrogge?”

„Nein. Nur ihr Mann. Aber der ist ja schon ziemlich lange tot.”

„Kein Wunder - wenn man raucht”, meinte Altje.

„War ein Verkehrsunfall”, sagte Kirsten Oltrogge und fuhr dann mit einem schiefen Blick in Altjes Richtung fort: „Übergewicht ist übrigens auch nicht besonders gesund.”

Steen nahm sein Smartphone aus der Tasche und machte ein Foto von dem Tisch. „Haben Sie den Tisch umgeworfen und dann wieder hingestellt, Frau Oltrogge?”, fragte Steen.

„Ich habe ihn nicht umgeworfen”, erklärte sie. „Aber woher wissen Sie, dass …”

„… Sie ihn wieder hingestellt haben?”

„Also gut, Herr Steen, ich habe ihn wieder hingestellt, aber nicht umgeworfen. Und der Aschenbecher ist mir nicht aufgefallen.” Kirsten Oltrogge wirkte jetzt ziemlich gereizt. Sie verschränkte erneut die Arme vor der Brust.

„Das klingt jetzt nicht wirklich überzeugend, was Sie uns da auftischen, Frau Oltrogge …”, sagte Altje, wobei sie den tadelnden Unterton trotz ihrer betont formellen Anrede nicht verbergen konnte. Und vielleicht wollte sie das auch gar nicht.

„Tu mir einen Gefallen, Altje! Hör mit diesem Gesieze auf. Das ist doch albern.”

„Das ist nicht albern, sondern korrekt”, erklärte Altje und nahm dabei richtig ein wenig Haltung an.

In ihrem speziellen Fall führte das unbeabsichtigt dazu, dass sie leicht schwankte.

Steen kippte den Tisch um und legte ihn auf den Boden. Die Schramme an der Wand passte genau. „Lag er so, als Sie eintrafen?", fragte er.

„Ja", antwortete Kirsten Oltrogge knapp.

„Das könnte der Tatort sein", überlegte Steen. „Mal angenommen, Bernhardine Geiken hat hier gestanden, der Täter oder die Täterin hat davorgestanden und zugeschlagen, dann könnte das Opfer auf den Tisch gefallen sein."

„Indem Sie ausdrücklich auf eine Täterin hinweisen, wollen Sie mir wohl klarmachen, dass ich verdächtigt werde", stellte Kirsten Oltrogge fest. Ihr Tonfall war schneidend. Ihr Gesicht war zu einer starren Maske geworden.

„Jedenfalls möchte ich, dass Sie sich in nächster Zeit zur Verfügung halten und keine weiten Reisen machen, Frau Oltrogge. Holst du das Fingerprint-Set aus dem Wagen, Altje?"

„Hol ich", sagte sie. In ihrem Gesicht leuchtete es triumphierend. Die blöde Schnepfe aus ihrer alten Grundschulklasse mal in dieser Lage zu sehen, schien sie in gute Laune zu versetzen. Altje verließ den Raum. „Dass die Verdächtige nur nicht flüchtet!", rief sie noch.

„Danke für den Hinweis", gab Steen zurück. „Versuchen Sie es nicht", sagte Steen dann warnend an Kirsten Oltrogge gewandt.

„Wollen Sie mich jetzt auch noch bedrohen? Denken Sie wirklich, dass ich die Flucht antrete und mir vielleicht mit Ihnen eine Verfolgungsjagd liefere? Ich habe nur einen VW, da hätte ich wohl kaum eine Chance, oder? Außerdem sind wir hier in Ostfriesland und nicht im Wilden Westen."

„Ich meinte etwas anderes", sagte Steen.

„So?"

„Versuchen Sie nicht noch einmal, dieses Haus zu betreten, ohne dass ich es Ihnen erlaube und dabei bin. Wenn wir hier fertig sind, werden die Eingänge versiegelt."

„Gut zu wissen."

„Jetzt wäre der richtige Zeitpunkt, mir den Schlüssel zu geben."

## Kapitel 6

Inzwischen war Ulfert Jansen am Großen Meer. Zwei Restaurants gab es hier, zwei Campingplätze und eine Ferienhaussiedlung. Außerdem jede Menge Anlegestellen für Segelboote - schön säuberlich getrennt nach dem jeweiligen Yachtclub. Surfer flogen wie Schmetterlinge über das Wasser. Ein Katamaran stieg mit einer Kufe aus dem See. Das Wasser war aufgewühlt.

Ulfert Jansen sah sich um und ließ sich für ein paar Augenblicke den Wind durch die Haare wehen.

Das eine Restaurant hieß *Meerwarthaus*, das andere nannte sich *Landhaus*. Ulfert Jansen nahm sie sich nacheinander vor und erkundigte sich nach einer verschwundenen Ankerkette. Aber niemand konnte ihm da weiterhelfen. Ulfert kam sich schon ziemlich blöd dabei vor und fragte sich, ob er nicht völlig auf dem Holzweg war.

Konnte ja schließlich auch sein, dass der Anker und die Kette gar nicht von hier kamen, sondern beim Mörder zu Hause gewesen waren.

Aber andererseits, wer hat so eine Kette und dann kein Boot dazu?

Und wer ein Boot hat, der legt es in einen See wie diesen. Was sollte man sonst damit tun?

Insofern war Steens Anweisung vielleicht doch einigermaßen schlüssig gewesen.

*Fragen über Fragen*, dachte Ulfert, *und keine Antworten. Eigentlich stochere ich nur im Nebel herum.*

Und er fragte sich, ob Steen vielleicht schon irgendetwas über die Tote herausbekommen hatte, was den Fall etwas weiterbrachte. Ein Motiv zum Beispiel. Das wäre schon mal nicht schlecht gewesen. Wieso schlug jemand einer älteren Dame irgendetwas Stumpfes so heftig über den Kopf, dass sie daran starb? Dafür musste es einen sehr guten Grund geben.

*Nein*, dachte er.

*Keinen guten Grund.*

*Einen sehr bösen.*

Ulfert schaute auf seine Uhr, denn eigentlich war er jetzt mit dem Hafenmeister des Yachtclubs verabredet. Aber offenbar hatte der Verspätung. Es nervte ihn, auf jemanden warten zu müssen.

Sein Blick glitt zuerst über die Boote. Jollenkreuzer waren nicht viele dabei. Der Wasserstand des Großen Meeres war einfach zu niedrig, als dass es möglich gewesen wäre, mit sehr großen Booten zu segeln. Zumindest durften sie nicht viel Tiefgang haben. Man konnte das gut an den Surfern sehen, die immer zahlreicher auf dem See zu finden waren. Manche von ihnen standen mitten im Wasser neben ihren schwimmenden Brettern. Und das Wasser reichte ihnen kaum bis zur Hüfte.

Ein Mittsechziger näherte sich auf einem Mountainbike. Das schien Herr Gruisinga zu sein.

„Moin", sagte er. „Sind Sie der Herr Jansen, mit dem ich telefoniert habe?"

„Bin ich", antwortete der Angesprochene.

„Sie sprachen davon, dass Sie ein Boot suchen, bei dem die Ankerkette fehlt."

„Richtig."

Herr Gruisinga stieg von seinem Mountainbike und lehnte es gegen eine ziemlich verwittert aussehende Holzbank.

„Ich habe hier alle Boote kontrolliert, nachdem wir telefoniert hatten, Herr Jansen."

„Und?"

„Also diejenigen, die eigentlich eine Ankerkette mit Anker und so weiter haben müssten. Natürlich führe ich nicht Buch darüber, wer hier welche Anker an seinem Boot hat und wer welche Kette benutzt. Davon abgesehen ist unser Yachtclub ja nur einer von zweien hier. Der Hafen auf der anderen Seite der Bucht gehört der Konkurrenz, wenn ich das mal so sagen darf und dann gibt es dahinten ja noch einen anderen Hafen …"

Er gestikulierte mit den Armen und deutete schließlich in Richtung des *Meerwarthauses*. Dort ragten weitere Bootsmasten in den Himmel. Auf einer vorgelagerten Halbinsel befanden sich Strandkörbe.

„Da sind dann ja sicher noch ein paar Jollen, von denen einige vielleicht einen Anker haben", sagte Herr Gruisinga und seufzte. „Sie denken wirklich, dass jemand hier am Hafen war, sich einen Anker samt Kette mitgenommen hat, um damit die arme Frau Geiken im Tief zu versenken?"

„Das wissen wir nicht."

„Aber am Telefon sagten Sie doch …"

„Das sind alles Vermutungen, Herr Gruisinga. Frau Geiken wurde mit einer Ankerkette versenkt, aber woher die stammt, oder warum der Täter sie dazu benutzt hat, kann ich Ihnen nicht sagen. Das müssen wir erst noch herausfinden."

„So, so", murmelte Herr Gruisinga.

Auf seiner Stirn erschien eine v-förmige Falte, die seinem bis dahin recht entspannt wirkenden Gesicht eine deutlich skeptische Note gab.

„Das sind alles Dinge, die wir erst noch ermitteln müssen", wiederholte der Kommissar. „Kannten Sie denn die Frau Geiken?"

„Ja, sicher kannte ich die."

„Gut?"

„Na, die war ja sozusagen stadtbekannt. Wenn man mal davon absieht, dass die Gemeinde Südbrookmerland ja keine Stadt ist, wenn man es genau nimmt."

„Nee", sagte Ulfert. „Das nun wirklich nicht."

„Sag ich doch."

„Und was können Sie mir über die Frau Geiken sagen?"
„Ja, die war ja überall sehr engagiert. Beim Boßeln war sie immer aktiv und hat da gleich auch immer den Schnaps besorgt."
„Das ist wichtig", bestätigte Ulfert.
„Also eine Seglerin war sie natürlich nicht. Aber …"
Herr Gruisinga sprach jetzt plötzlich in gedämpftem Tonfall. Er zögerte, so als würde er überlegen, ob er sich Ulfert wirklich anvertrauen sollte.
„Aber was?", fragte Ulfert daher, nachdem eine Anstandspause vergangen war.
„Was weiß ich, alles wahrscheinlich nur Gerüchte."
„Was für Gerüchte denn?"
Wieder entstand eine Pause. Herr Gruisinga druckste etwas herum. *Entweder will der sich nur wichtigmachen oder ich habe hier gerade so etwas wie eine Spur gefunden*, dachte Ulfert.
Herr Gruisinga hob die Augenbrauen und machte eine sehr wichtige Miene.
„Sie hatte auf jeden Fall eine Menge Geld."
„So?"
„Ja, ihr gehörten drei Ferienhäuser hier am Großen Meer. Und die waren auch regelmäßig vermietet, also wenn ich da mal über den Daumen so zusammenrechne, was da so zusammenkommt …"
„Hat sie die Häuser vielleicht geerbt?"
„Nein, ich wüsste nicht von wem. Und ihr Mann war ja nur ein kleiner Beamter in der Kreisverwaltung in Aurich. Außerdem ist er früh gestorben. Sie hatten sich damals das Haus gekauft und Bernhardine hatte nur die Aushilfsstelle auf dem Campingplatz. Später hat sie im Kiosk gestanden. Aber so richtig reich wird man damit nicht."
„Aber so, wie Sie mir das schildern, ist sie es ja gewesen."

„Glücksspiel", sagte Gruisinga, und zwar so, wie mancher Ostfriese hochdeutsche Wörter ausspricht. Als würde jeder einzelne Buchstabe Mühe bereiten, wenn man ihn über die Lippen brachte und dabei so korrekt aussprach, wie sich das gehörte. Ganz so, wie die die Sprecher in Radio und Fernsehen bekam man das ohnehin nicht hin, wenn man von der Küste kam. Das war nun mal so. Ulfert Jansen konnte selbst ein Lied davon bringen. Aber in seiner Zeit in Berlin hatte er es geschafft, sich den niederdeutschen Akzent und die breite, etwas schwerfällig wirkende Aussprache so weit abzutrainieren, dass man nicht mehr gleich merkte, woher er kam. Zumindest so lange nicht, wie er nicht seinen Namen erwähnte. Dann wusste sowieso jeder Bescheid.

„Glücksspiel?", echote Ulfert. „Sie meinen, die Frau Geiken hat richtig gezockt? Am Roulette-Tisch oder meinen Sie jetzt damit, dass sie eine stinknormale Lottospielerin war?"

„Würde besser zu ihrer Altersgruppe passen, was?" Herr Gruisinga lächelte verhalten. „Es gibt nicht wenige, die gedacht haben, dass sie im Lotto gewonnen hat. Ich weiß ja auch nichts Genaues und vielleicht stimmt diese Version ja auch."

„Aber es gibt noch eine andere."

„Richtig."

Ulfert sah Herrn Gruisinga erwartungsvoll an, aber der Hafenmeister des Yachtclubs machte zunächst keinerlei Anstalten, seine Ausführungen fortzusetzen. *Nichts als Andeutungen, um sich interessant zu machen!*, dachte Ulfert ärgerlich. Aber er ließ sich nichts anmerken. *Sowas haben wir ja öfter, als uns lieb ist*, ging es ihm durch den Kopf.

„Und was ist nun diese andere Variante?", hakte Ulfert schließlich nach und ärgerte sich dabei insgeheim, dass er gezwungen war, auf das Spiel seines Gegenübers einzugehen.

„Poker", sagte Herr Gruisinga. „Habe ich zumindest gehört. Verbürgen will ich mich dafür nicht."

Ulfert lachte laut auf. Er konnte nicht anders. Es platzte einfach so aus ihm heraus, auch wenn es noch so unangemessen sein mochte. Die Vorstellung, dass eine ältere Dame am Pokertisch saß, neben sich eine Tasse Tee, und dabei mit eiskaltem, starrem Blick ihre Mitspieler musterte, um dann im entscheidenden Moment ihr Blatt auszuspielen, wie man es von Cowboys in Westernfilmen kannte, amüsierte Ulfert einfach zu sehr, als dass er hätte ernst bleiben können.

„Ich sag ja, habe es auch nicht geglaubt, aber es sind ja auch nur ... Geschichten", sagte Herr Gruisinga. „Aber andererseits Geschichten, die von Leuten erzählt werden, von denen ich annehme, dass sie gut informiert sind. Insofern denke ich auch, dass etwas dran sein könnte."

„Sie wollen mir jetzt aber nicht wirklich weismachen, dass Frau Geiken durch Kartenspielen reich geworden ist", sagte Ulfert.

„Natürlich nicht richtige Karten. Hier in der Kneipe beim Skat wird niemand reich."

„Eben, Herr Gruisinga!"

„Aber beim Online-Poker im Internet schon. Da gibt es richtige Turniere, habe ich mir sagen lassen und die zocken da um Summen … Meine Güte, da komme ich tatsächlich auch ins Grübeln, ob ich immer auf die richtige Weise versucht habe, mein Geld zu verdienen."

„Was sind Sie denn von Beruf, Herr Gruisinga?"

„Ich bin Küster", sagte Herr Gruisinga. „Und zwar in Suurhusen."

„Da, wo die schiefe Kirche steht?"

„Genau."

„Gehört noch zu Emden."

„Richtig."

„Ich wohne da ganz in der Nähe, Herr Gruisinga."
„Aber in der Kirche habe ich Sie noch nie gesehen, Herr Jansen. Sie sind doch nicht etwa …"
„Was?"
„... katholisch!"
Herr Gruisinga sprach das Wort katholisch aus, als würde es sich um etwas Unanständiges handeln.
„Keine Sorge, ich bin nicht katholisch", sagte Ulfert.
„Na ja, inzwischen gibt es ja sogar Muslime und was weiß ich noch alles hier in Ostfriesland", versuchte Herr Gruisinga dann die Wirkung seiner vorherigen Äußerung etwas abzuschwächen. In Wahrheit verstärkte er sie nur. „Was die Ankerkette angeht, es fehlt keine, soweit ich mich umgehört habe und ich hier alles kontrollieren konnte. Andererseits ..."
„Ich habe ein Bild von der Kette. Und natürlich vom Anker."
Herr Gruisinga blickte stirnrunzelnd auf das Handy-Foto, das Ulfert ihm jetzt zeigte und schüttelte dann energisch den Kopf. „Das muss ein sehr großer Jollenkreuzer gewesen sein, von dem die Kette stammt", stellte er klar. „So groß - sowas gibt es im Moment gar nicht hier am Großen Meer."
„Sie sind sich sicher?"
„Ich beobachte jeden Tag, was sich so auf dem Wasser oder an den Anlegestellen tut. Alles, was nicht ins Bild passt oder ungewöhnlich ist, melde ich weiter. Zum Beispiel an den Meerwart oder an wen auch immer."
„Dann kann ich meine Suche ja hier und jetzt wohl einstellen, oder?"
„Ja, so sehe ich das auch."
Ulfert gab Herrn Gruisinga seine Karte. „Falls Ihnen noch was einfallen sollte …"
„Oh, mir fällt immer was ein", bemerkte Herr Gruisinga augenzwinkernd.

Und daran hatte auch Ulfert Jansen nach diesem Gespräch nicht mehr auch nur den Hauch eines Zweifels.

## Kapitel 7

Ulfert Jansen verließ wenig später zusammen mit Herrn Gruisinga den Yachthafen. Entlang des Ufers des Großen Meeres zog sich ein Weg. Im ehemaligen Umkleide-Gebäude einer Badeanstalt, hinsichtlich der es seit Jahrzehnten Überlegungen seitens der Kommunalpolitik gab, ob man sie nicht wieder in Betrieb nehmen sollte, war jetzt ein Töpferladen. Jenseits des Wegs begann das Gelände des Campingplatzes.

Ulfert Jansen fiel ein Mann auf. Er war um die fünfzig, groß, schlank, mit kurzgeschnittenem grauweißem Haar. Er trug eine Windjacke und am Handgelenk baumelte ein Taschenschirm mit einem auffällig in der Sonne blinkenden Metallknauf. Er schob einen Rollstuhl, in dem eine junge Frau saß, die möglicherweise seine Tochter war.

„Ja, wir haben dann ja alles geklärt, was die Ankerkette angeht", sagte Herr Gruisinga schließlich. „Also, wie ich Ihnen schon sagte, Herr Jansen: Sowas, was Sie mir da gezeigt haben, gibt es hier nicht."

„Weil es das passende Boot dafür nicht gibt, das habe ich schon verstanden", versicherte Ulfert.

„Genau. Ich meine, ich werde mich gerne noch weiter umhören und vielleicht erfahre ich noch das eine oder andere."

„Wenn Sie schon so viel über Frau Geiken wissen und darüber, woher sie ihr Geld hat …"

„Na ja, man muss da immer vorsichtig sein mit dem, was so geredet wird, nicht wahr?"

*Das habe ich schon gerne!*, dachte Ulfert. *Erst alle möglichen Gerüchte weiterverbreiten und dann plötzlich einen Rückzieher machen!*

Ulfert kam der Gedanke, dass Herr Gruisinga vielleicht insgesamt doch nicht so die allerzuverlässigste Informationsquelle war.
„Sie hatten noch eine Frage", bestand nun Herr Gruisinga allerdings darauf, dass Ulfert seine Frage doch noch stellte.
„Kennen Sie irgendjemanden, der ein Motiv haben könnte, Frau Geiken umzubringen?", fragte Ulfert.
„Also, so konkret jetzt nicht."
„Ach so?"
„Aber andererseits habe ich auch gehört, dass jetzt nicht unbedingt alle gut auf sie zu sprechen waren."
„Wer zum Beispiel nicht?"
„Na ja, mit ihrer Nichte hat sie sich ziemlich verzankt, Frau Kirsten Oltrogge. Es hat da wohl irgendeinen geschäftlichen Ärger gegeben. Aber Genaues weiß ich darüber nicht."
„Was denn für geschäftlichen Ärger?"
„Ob das nun mit den Ferienhäusern oder irgendwas anderem zusammenhängt ... Aber wie gesagt, ich höre ja viel und kenne viele Leute."
„Dann sollten wir uns vielleicht zu einem späteren Zeitpunkt nochmal unterhalten", schlug Ulfert vor, denn er wollte das Gespräch jetzt auf halbwegs höfliche Weise beenden.
Unterdessen zog der Mann, der den Rollstuhl schob, an ihnen vorbei.
„Moin", sagte er.
„Moin, Martin", grüßte Herr Gruisinga. Er wartete, bis der grauhaarige Mann mit der Rollstuhlfahrerin außer Hörweite war, und erklärte dann: „Das ist Martin Trave. Kommt aus Oldenburg und hat einen Campingwagen hier. Die Tochter ist aus dem Fenster gesprungen und sitzt seitdem im Rollstuhl. Kann froh sein, dass sie das überlebt hat." Herr Gruisinga seufzte. „Sehr tragisch, das alles ... War früher eine gute Seglerin, das Mädchen. Als Zehnjährige hat die

schon an unserer Optimisten-Regatta teilgenommen. Na ja, ist natürlich alles vorbei. Die kann jetzt gerade noch die Augenlider bewegen … War immer so lustig. Meine Jüngste ist im selben Alter und die waren oft auf dem Campingplatz zusammen, wenn die Traves hier Urlaub gemacht haben." Herr Gruisinga seufzte erneut, diesmal auf seine besondere Weise. „Aber so ist das Leben. Man kann es sich ja nicht aussuchen. Oder?"

„Nee, kann man nicht", bestätigte Ulfert.

„Na ja, ich komme mal wieder van't Höltken up dat Stöcksken, wenn Sie verstehen, was ich meine."

„Ich komm von hier."

„Na eben!"

In diesem Augenblick verdunkelte sich die Sonne. Eine Windböe blies über das Wasser und kräuselte es. Eine dunkle Wolke war aufgezogen und es begann leicht zu regnen. Manchmal geschah das hier ganz plötzlich.

Martin Trave war darauf allerdings bestens eingestellt. Er klappte den Taschenschirm aus und hielt ihn so, dass seine Tochter nicht nass wurde.

„Sehen Sie, Herr Jansen, wir zwei, wir kommen von hier und haben trotzdem keinen Schirm dabei - aber der da vorne kommt nicht von hier und weiß genau, wie das Wetter zu dieser Jahreszeit hier ist", meinte Herr Gruisinga. „Aber wir sind ja auch nicht aus Zucker, oder?"

„Nee", sagte Ulfert.

„So ein bisschen Regen macht uns nichts aus."

## Kapitel 8

Kommissar Steen hatte das Computer-Equipment von Frau Geiken auf einem freien Tisch im Büro aufgebaut. Genau genommen war der Tisch nicht frei gewesen, sondern Steen hatte ihn erst frei machen müssen. Schließlich hatte freier Platz in einem Büro stets die Eigenschaft, sich schnell und wie von allein mit irgendetwas zu füllen.

Altje hatte Steen beim Hereintragen geholfen und außerdem mit viel Geduld den Kabelsalat entwirrt. Wie man die Kabel dann richtig zusammenstecken musste, davon hatte sie allerdings keine Vorstellung gehabt. Aber mit solchen Dingen kannte sich Steen einigermaßen aus.

„Das hat mir richtig gutgetan", sagte Altje.

„Ja, ein bisschen Bewegung ist immer gut", bestätigte Steen.

„Ich meine was anderes", erklärte Altje.

„So?"

„Mitzuerleben, wie dieser dummen Pute die Fingerabdrücke abgenommen werden. Das war ein innerer Vorbeimarsch!"

„Altje!"

„Ich hätte ihr so gerne Handschellen angelegt, Steen!"

„Ich hätte einen Grund haben müssen, um sie zu verhaften. Einen hinreichenden Tatverdacht!"

„Weiß ich doch."

„Und den haben wir nicht."

„Noch nicht, Steen! Noch nicht! Aber wir wissen nach diesem Vergleich der Abdrücke, dass sie am Computer war!"

„Das überführt sie noch nicht als Mörderin, Altje."

„Wenn deine Vermutung stimmt, dass das Wohnzimmer von Frau Geiken der Tatort war, dann …"

„Das wissen wir noch nicht, Altje!"

„... dann könnte sie es doch gewesen sein! Sie nimmt irgendeinen Gegenstand, haut zu, nachdem sie wegen irgendetwas in Streit geraten sind und anschließend ...”

Altje holte jetzt erstmal tief Luft. Sie hatte zwischendurch wohl vergessen zu atmen, so schnell hatte sie gesprochen. Ihr Kopf war rot angelaufen. Aber Steen kannte sie gut genug, um zu wissen, dass dann nicht unbedingt gleich Lebensgefahr bestand. Sie lief manchmal so rot an, dass es auf Außenstehende äußerst besorgniserregend wirken konnte. Dass mit Altjes Blutdruck nicht alles in Ordnung sein konnte, lag angesichts ihres Übergewichts auf der Hand. Und vielleicht mutete sie sich auch ab und zu etwas zu viel zu. Sie führte nämlich neben ihrer Polizistentätigkeit noch die Landwirtschaft ihrer Eltern im Nebenerwerb weiter. Und da deren Leistungsfähigkeit im Laufe der Zeit immer mehr abgenommen hatte, hatte Altje ihrerseits immer mehr Zeit und Kraft in den Betrieb und die Erhaltung des Hofes stecken müssen.

Steen hatte schon mal versucht, sie darauf anzusprechen. Aber auf dem Ohr war Altje taub. Da hätte man sie wohl eher zu einer Abspeckkur oder einer Magenverkleinerung überreden können, als sich der Tatsache zu stellen, dass ihr die Dinge manchmal schlicht über den Kopf wuchsen.

„Vielleicht klicken die Handschellen ja bei Kirsten noch”, meinte Altje und aus ihren Worten klang echte Zuversicht.

„Sie muss dir ja sehr zugesetzt haben - damals in der Grundschule in Larrelt”, bemerkte Steen.

„Das hat sie. Aber glücklicherweise sieht man sich ja immer zweimal im Leben. Und davon abgesehen würde ich ihr jedes Verbrechen zutrauen. Jedes.”

„So richtig unvoreingenommen klingt das jetzt aber nicht”, meinte Steen.

„Unvoreingenommen bin ich gegenüber allen anderen Menschen. Aber in diesem einen Fall mache ich eine Ausnahme."

„Gut, du traust ihr alles zu", sagte Steen. „Und da ich gegenüber jedermann unvoreingenommen bin, traue ich auch jedem alles nur Erdenkliche zu, nicht nur Kirsten Oltrogge."

„Dann sind wir uns in diesem Punkt ja einig, Steen! Sie könnte es gewesen sein."

„Wenn überhaupt, dann nicht allein."

„Wieso?"

„Na, du hast doch noch in Erinnerung, wie schwierig das war, die Leiche von Bernhardine Geiken aus dem Wasser zu holen."

„Ja, das ist mir noch in lebhafter Erinnerung", musste Altje zugeben.

„Wie, glaubst du, hätte Kirsten Oltrogge das allein schaffen können? Wenn sie Frau Geiken in ihrem Haus erschlagen hat, dann musste sie die Leiche ja irgendwie entsorgen. Dabei muss sie Hilfe gehabt haben. Außerdem ist es nicht ganz so einfach, mit so einer Ankerkette umzugehen. Jedenfalls nicht, wenn man die körperlichen Voraussetzungen von Frau Oltrogge hat. Die ist weder besonders kräftig noch groß genug."

„Also ein Komplize!"

„Wir wissen noch zu wenig, Altje."

Steen schaltete jetzt den Computer an und ließ ihn hochfahren. Oder besser: Er versuchte es, denn weiter als bis zu einer Eingabeaufforderung für das Passwort kam er nicht.

„So ein Mist!", knurrte Steen. „Jetzt können wir erstmal munter herumraten, was man da eintragen soll."

Unterdessen betrat jetzt Ulfert Jansen gut gelaunt das Büro. „Na, ich sehe, ihr wollt an den Kern der Sache!".

„Keine Ahnung, was du damit meinst, Ulfert", erwiderte Steen.

„Na, den Computer! Ich weiß, wozu ihn Frau Geiken benutzte - mutmaßlich natürlich."

„Wozu denn?".

„Sie hat Online-Poker gespielt. Und zwar wie ein echter Profi. Zumindest erzählt man sich das. Ja, und das Geld, das sie dadurch hatte, reichte nicht nur für den Erwerb mehrerer Ferienhäuser aus, es könnte auch das Motiv für einen Mord gewesen sein."

„Ich entnehme dem, dass du ein paar Ermittlungserfolge hattest", folgerte Steen.

„Und ob! Ich hatte ein interessantes Gespräch mit Herrn Gruisinga, dem Hafenmeister des einen der beiden Yachtclubs am Großen Meer. Und da erfährt man halt so manches."

„Klingt plausibel, deine Vermutung", sagte Steen. „Allerdings bräuchten wir, um das zu überprüfen, zunächst mal einfach das richtige Passwort."

„Ich schätze, das hat die gute Frau Geiken mit in ihr nasses Grab im Knockster Tief genommen", bemerkte Altje auf ihre trockene Art.

„Ihr Mann ist früh verstorben", sagte Ulfert. „Weiß jemand von euch den Vornamen?"

„Nee!", sagte Altje.

„Keine Ahnung", ergänzte Steen.

„Lässt sich doch feststellen. Mein Tipp: Den Vornamen von Herrn Geiken mal eingeben und ich wette, dass wir das Passwort haben. Wahlweise können wir es auch mit dem Geburtsdatum probieren. Die Menschen sind immer gleich, wenn es darum geht, Passwörter zu finden, die man sich gut merken kann. Und für gewöhnlich bietet das auch die leichteste Methode, sie zu knacken."

„Du weißt in dieser Hinsicht anscheinend gut Bescheid”, sagte Steen.

„Nein, nicht wirklich”, widersprach Ulfert.

„Dann würde ich vorschlagen, du bringst das mit dem Passwort zu Ende, Ulfert. Und ich führe noch ein Telefonat, für das es ansonsten heute zu spät wird.”

Ulfert zuckte mit den Schultern. „Meinetwegen.”

„Steen, hast du was dagegen, wenn ich heute etwas früher gehe?”, fragte Altje jetzt. „Heute wird bei uns geschlachtet und wenn ich da nicht helfe …”

„Geh ruhig.”

„Du kriegst auch eine Mettwurst, Steen.”

„Danke.”

„Bis morgen.”

„Bis morgen.”

## Kapitel 9

Altje hatte den Raum verlassen, Ulfert kümmerte sich um den Computer von Bernhardine Geiken und Ebbo Steen nahm das Telefon. In diesem Fall ausnahmsweise mal nicht sein Handy, sondern den Festnetzapparat im Büro.

„Hallo? Ja, hier Steen, Kripo Emden … Ja, ich rufe wegen dem Fall Bernhardine Geiken an ... ich brauche erstens eine Obduktion … Warum? Ja, weil die notwendig ist … Ja, ich weiß, was sowas kostet, aber notwendig ist sie trotzdem. Und außerdem möchte ich, dass ein Team des Erkennungsdienstes hergeschickt wird, um das Haus von Frau Geiken unter die Lupe zu nehmen. Ich möchte mit den Leuten aber vorher sprechen, damit sie wissen, worauf sie besonders achten sollen ... Ja, alles ist versiegelt." Steen kam einige Augenblicke lang nicht zu Wort und schien zum Zuhören gezwungen zu sein. Er verdrehte die Augen. Offenbar gefiel ihm ganz und gar nicht, was die Stimme am anderen Ende der Leitung sagte. Steen wirkte ziemlich genervt. „Hören Sie", versuchte er, zu Wort zu kommen. Sogar zweimal. Aber irgendwie schien man an seiner Meinung nicht so recht interessiert zu sein. „Ja, ich habe durchaus eine Vorstellung davon, wie das auf der Kostenseite aussieht. Aber haben Sie auch eine Vorstellung, was passiert, wenn ich der Presse sagen muss, dass wir einen Mord leider nicht aufklären können, weil das Landeskriminalamt wichtigere Dinge zu tun hat und wir nicht die nötige erkennungsdienstliche und gerichtsmedizinische Unterstützung bekommen? Was? Ach, das haben Sie nicht so gemeint. Dann ist es ja gut. Gut. Kann ich dann morgen mit Ihren Leuten rechnen? Gut." Steen beendete das Gespräch. „Diese Idioten", knurrte er.

„Darf ich dich mal was fragen, Steen?", fragte Ulfert.

„Sicher."

„Warum nennen dich hier alle Steen?"
„Wieso? Das ist doch mein Name."
„Ja, aber dein Nachname. Seit ich jetzt hier bei euch auf dieser Dienststelle bin, habe ich noch niemanden gehört, der dich Ebbo genannt hätte."
„Ja, und? Du sagst doch auch Steen."
„Weil alle das tun", erklärte Ulfert.
„Dann solltest du das auch nicht ändern", sagte Steen.
„Hat es irgendeinen Grund, dass du Steen genannt wirst?"
„Du kannst auch Herr Steen sagen. Aber das wäre doch ein bisschen zu förmlich, oder nicht? Oder Kommissar Steen? - Genau genommen Kriminalhauptkommissar Steen? Such dir aus, was du sagen willst."
„Und wenn ich Ebbo sagen will?"
Steen sah Ulfert stirnrunzelnd an. „Lass es lieber."
„Warum?"
„Du bist ziemlich hartnäckig, was?"
„Sollte ein Ermittler das nicht sein?"
„Doch, das sollte er."
„Na also!"
Steen atmete tief durch. „Ich mag meinen Vornamen nicht besonders", gestand er. „Und da mich seit ewigen Zeiten niemand so nennt, solltest du das auch besser lassen, in Ordnung?"
„In Ordnung", sagte Ulfert. „Und sieh her! Abrakadabra! Sesam öffne dich!"
Ulfert Jansen drückte auf die Eingabetaste und auf dem Bildschirm öffnete sich der Desktop. „Ich hatte recht. Frau Geikens Mann hieß Willart. Willart Geiken."
„Hast du einen besonderen Draht zum Einwohnermeldeamt, dass das so schnell ging?", wunderte sich Steen.
Ulfert grinste. „Nein, aber es gibt eine Internetseite über Grabsteine in Ostfriesland. Und die habe ich mit dem Handy

besucht und den Namen Geiken eingegeben. Gab zwar immer noch eine Menge Treffer, aber wenn man das zeitlich etwas eingrenzt ..."

Steen sah auf den Bildschirm. „Dann wollen wir mal sehen, was die gute Frau Geiken so am Computer getrieben hat …"

„... und ob sie wirklich der Online-Poker-Crack war, wie die Gerüchte sagen."

## Kapitel 10

Später, nach Dienstschluss, hatte Steen Hunger.

Er fuhr nach Emden in ein Lokal, das *Mammut* hieß. Warum es *Mammut* hieß, wusste Steen nicht. Und das, obwohl er sonst fast alles wusste, was sich so in der Gegend abspielte. Rund um Emden, in der Krummhörn, am Großen Meer, in Aurich. Da kannte er sich aus. Da kannte er fast alles und jeden. Nur, woher dieses Lokal seinen Namen hat, das wusste er nicht. Und das lag vielleicht einfach daran, dass Steen auch nicht gefragt hatte. Das machte er nämlich normalerweise. Er fragte viel. In seinem Beruf war Fragen das A und O. Aber in diesem Fall dachte er sich wohl: Wozu soll ich mir noch Arbeit in die Freizeit mitnehmen?

Steen wollte nämlich einfach nur etwas essen. Ihm knurrte der Magen und er dachte daran, ihn möglichst schnell und gut zu füllen. Und vor allem in einer angenehmen Umgebung mit einigermaßen angenehmen Menschen. Dann war Steen schon zufrieden.

Also saß er da und aß seinen Teller leer.

Rieke hieß die Wirtin. Steen kannte sie seit Langem. Eine wirklich gute Köchin war sie nun wirklich nicht. Aber eine Sache kriegte sie ganz passabel hin: einen Strammen Max. Und den nahm Steen deswegen auch immer, wenn er hier war. Spiegeleier braten ist keine Kunst, sagten manche. Aber Steen dachte anders darüber. Er mochte den Strammen Max so, wie Rieke ihn zubereitete.

Und im Übrigen sollte sie sich unterstehen, daran irgendetwas zu ändern. Denn Steen war niemand, der Veränderung wirklich schätzte. Besser, die Dinge blieben, wie sie waren. Und Bewährtes sollte man behalten, dachte Steen. Wie seinen ausgebleichten Bundeswehr-Parka. Hatte sich eben bewährt.

„Sag mal, da ist doch jetzt diese Frau aus dem Knockster Tief gezogen worden", sagte Rieke. „Bearbeitet ihr den Fall?"

„Dienstgeheimnis", antwortete Steen knapp.

„Ach komm schon. Da reden alle drüber."

„Lies einfach morgen die Zeitung, Rieke. Der Tammo Tjaden vom Ostfriesenblatt war da und ich nehme an, dass er auch irgendetwas schreiben wird."

„Ach ja?"

„Egal, ob er nun wirklich was weiß oder nicht."

„Ja und deswegen dachte ich ja auch, du könntest mir was Näheres sagen, Steen."

„Damit du es dann brühwarm überall herumerzählst, Rieke?"

„Das würde ich nie tun, Steen."

„Natürlich nicht."

„Also, nun sei mal nicht so! Geben und nehmen, leben und leben lassen."

„Bin am Essen, Rieke."

„Dann brauche ich dir ja auch nicht zu sagen, was ich so gehört habe", zog Rieke nun ihren Trumpf.

Steen ließ sich davon nicht beeindrucken. Er aß einfach weiter. Es herrschte Schweigen. Zwischendurch kam jemand an den Tresen und wollte ein Bier.

Rieke bediente den Gast. Steen machte immer noch keine Anstalten, auf Riekes Angebot einzugehen, das auf eine Art informationelles Tauschgeschäft hinauslief.

Steen machte das ganz bewusst. Er kannte Rieke lange genug, um sie richtig einschätzen zu können. Und deshalb wusste er, dass sie es ohnehin nicht lange aushalten würde, über die Dinge zu schweigen, die sie gehört hatte. Das konnte man getrost einfach aussitzen.

Sie wartete, bis der Gast mit dem Bier an einen der Tische gegangen war.

„Sie soll stinkreich gewesen sein, habe ich gehört", sagte Rieke. „Und niemand weiß genau, warum. Aber das kann nicht alles mit rechten Dingen zugegangen sein, wenn du mich fragst."

„Hm", brummte Steen ungerührt und aß weiter.

„Angeblich hat sie irgendwelche Geschäfte gemacht und da waren auch noch andere drin verwickelt."

„Aber Genaueres weißt du nicht?", fragte Steen.

„Na, das ist doch deine Aufgabe, das herauszufinden."

„Ja, das ist natürlich wahr", gestand Steen ein. „Aber wenn wirklich was an der Sache dran ist, kannst du mir doch sagen, mit wem du gesprochen hast."

„Wäre möglich, dass mein Gesprächspartner nicht möchte, dass ich das weitererzähle."

„Es wäre auch möglich, dass du dir alles nur ausgedacht hast, um dich wichtig zu machen, Rieke?"

„Steen, wie kannst du sowas denken!"

„Der Gedanke kommt einem einfach."

„Wenn du nochmal so etwas sagst, nenne ich dich bei deinem Vornamen, obwohl du den nicht magst."

„Damit werde ich dann wohl leben müssen."

„Ebbo!"

„Vielleicht sollte ich in Zukunft woanders essen, Rieke."

„Das ist eine leere Drohung. Du weißt, dass es bei mir am besten schmeckt. "

„Glaubst du wirklich?"

Steen schob den Teller zur Seite. Irgendwie hatte er keinen Appetit mehr auf den Rest.

Rieke interpretierte das allerdings anders.

„Komm schon, sei nicht beleidigt, Steen!"

Er setzte sich seine Prinz-Heinrich-Mütze wieder auf und schickte sich an zu gehen.

„Steen, bleib hier. Ich sag dir, mit wem ich gesprochen habe."

„Gut."

„Aber du musst es so hinkriegen, dass du nicht verrätst, dass du das von mir hast."

„Das kriege ich hin, Rieke", versprach er.

„Er heißt Benno Diedrichs."

„Wo wohnt er?"

„In Japan."

Port Arthur, Transvaal, Tsingtau, Japan - es gab einige Gebietsnamen in und um Emden, die noch eine Art weltläufiges Erbe der ehemals bedeutenden Hafenstadt waren. Manche dieser Bezeichnungen waren noch heute offizielle Stadtteilnamen, andere hatten nur im inoffiziellen Sprachgebrauch überlebt. Darunter das Gebiet hinter der Larrelter Brücke, das traditionell Japan genannt wurde.

„Okay", sagte Steen.

„Benno und ich sind in Larrelt zusammen zur Schule gegangen", sagte Rieke. „Er kommt ein- bis zweimal die Woche her und isst hier. Wenn wir uns nicht so gut kennen würden, hätte er mir das nicht erzählt. Und wenn du ihm erzählst, dass du das von mir hast …"

„... hast du einen Gast weniger. Das verstehe ich schon."

„Und einen Freund weniger!"

„Ich sagte doch, dass ich das hinkriege, Rieke."

„Dann ist es gut."

„Sag mal, kennst du zufällig auch Kirsten Oltrogge?"

„Ja, die war eine Klasse weiter. Zusammen mit der dicken Altje, die bei euch auf der Dienststelle ist. Warum?"

„Die Welt ist manchmal klein", sagte Steen.

„Nein", sagte Rieke. „Nur Ostfriesland ist klein."

## Kapitel 11

*Eigentlich wär's am besten, Altje würde das machen!,* dachte Steen, als er mit seinem Wagen den Hof von Benno Diedrichs erreichte. *Schließlich sind die beiden ja in einer Schule gewesen und manchmal sagt man dann mehr, als man anderen gegenüber sagen würde, die man nicht so gut kennt,* ging es ihm weiter durch den Kopf.

*Aber Altje muss ja unbedingt für die Vermehrung der Mettwürste sorgen und zu Hause beim Schlachten dabei sein.*

Steen hatte durchaus Verständnis dafür. Einerseits zumindest. Schließlich hatte sie eine gewisse Verpflichtung ihren Eltern gegenüber. Sie war das einzige Kind. Niemand sonst hätte den Hof mal übernehmen können. Und Altje hatte natürlich alle Mühe, beides unter einen Hut zu bringen: ihren Beamtenjob als Polizistin und die Arbeit auf dem Hof.

„Man soll nicht zwei Herren dienen", hatte Steen ihr mal gesagt. Aber auf dem Ohr war sie vollkommen taub. Mit vernünftigen Argumenten durfte man ihr in dieser Sache einfach nicht kommen. Auch wenn der Hof noch so unwirtschaftlich war, sie würde ihn niemals aufgeben. Das hatte Steen inzwischen verstanden.

Was den Hof von Benno Diedrichs anging, konnte sich Steen natürlich nicht so ohne Weiteres ein Urteil erlauben. Aber er vermutete, dass die Lage hier nicht viel anders war als bei Altje.

Der Hof war einfach zu klein, um sich ausschließlich davon zu ernähren. Er stellte den Wagen vor dem Hauptgebäude ab und stieg aus. Im nächsten Moment kam ein weiteres Fahrzeug auf den Hof gefahren. Es war ein VW. Ein Mann mit rotem Gesicht und hellroten Haaren stieg aus.

„Moin", murmelte er.

„Moin."

„Wollen Sie was?"

„Kriminalhauptkommissar Steen, Kripo Emden", stellte sich Steen vor. Er kramte in den Taschen seines Parkas nach dem Ausweis. „Ich habe ihn hier irgendwo. Warten Sie, Herr ..."

„Benno Diedrichs."

„Ja, zu Ihnen wollte ich auch."

„Ist irgendwas passiert?"

„Bernhardine Geiken ist umgebracht worden."

„Oh", sagte Benno Diedrichs. „Ja, von dem Mord habe ich schon gehört. Das hat sich ja wie ein Lauffeuer verbreitet. Allerdings wusste ich nicht, dass es um Frau Geiken geht. Sie meinen doch die Bernhardine Geiken aus Südbrookmerland, oder?"

„Ja."

„Ich komme ja jetzt gerade erst von meiner Schicht bei VW. Aber ich war noch beim Nachbarn, weil der meinen Trecker repariert und ich ihn fragen wollte, wann der fertig ist. Und der wusste es schon und hat es mir erzählt."

„Sie arbeiten bei VW?"

„Ja, glauben Sie, der Hof allein ernährt einen?"

„Ich frag ja nur."

„Wieso kommen Sie denn wegen der Sache zu mir?"

„Wissen Sie, wir stehen erst am Anfang unserer Mordermittlung, und natürlich suchen wir nach dem Motiv."

„Ja, aber Herr … wie war nochmal der Name?"

„Steen."

„Herr Steen, wieso fragen Sie mich das? Ich habe Frau Geiken ja nicht umgebracht und genau genommen hatten wir auch so viel gar nicht miteinander zu tun."

„Das mag ja sein. Aber ich wäre nicht hier, wenn ich nicht glauben würde, dass Sie mir helfen können." Ein kalter Wind blies über den Hof. Irgendwo schlug eine Tür. Steen hielt die Prinz-Heinrich-Mütze fest, denn die Böe war so stark, dass sie ihm beinahe vom Kopf geweht worden wäre. Sein Parka flatterte wie eine blassgrüne Fahne im Wind, bis Steen es schließlich schaffte, den Reißverschluss hochzuziehen.

„Schietwetter", kommentierte Benno Diedrichs.

„Ja, das kann man sagen."

„Wie gesagt …"

„Können wir nicht ins Haus gehen? Hier kann man sich irgendwie schlecht unterhalten."

Benno Diedrichs seufzte. Die Aussicht, den Feierabend mit einem Kriminalkommissar zu verbringen und sich befragen zu lassen, schien ihm nicht zu gefallen. Dafür hatte Steen sogar ein gewisses Verständnis. Aber es war nun mal sein Job. Und den machte Steen gründlich. So gründlich, wie die Umstände es zuließen. Nur dann hatte man eine Chance, den Fall auch aufzuklären und den Täter zu fassen.

„Gut, kommen Sie mit, Herr Steen", gab Benno Diedrichs schließlich nach. Sie gingen zur Haustür.

„Sie haben Kinder?", fragte Steen, während Diedrichs den Schlüssel suchte.

„Wieso?"

Steen deutete auf das Türschild. „Da steht Familie Diedrichs. Und außerdem habe ich gesehen, dass hier Spielgeräte sind."

„Ich habe zwei Jungs und ein Mädchen."

„Alle Achtung, das ist selten heute."

„Meine Frau ist mit den Kindern heute zur Seehundstation nach Norddeich gefahren. Sind ja jetzt Herbstferien. Da kann man so etwas mal machen."

Benno Diedrichs führte Steen ins Wohnzimmer. An der Wand hing das Gemälde irgendeines heimischen Künstlers, der eine Szene am Kanal gemalt hatte. Ein Torfboot mit Seitenschwertern legte an. Die Bäume waren windschief, die Sicht endlos weit, das Land flach und ohne irgendeine Erhebung, abgesehen von Warften und Deichen. Der Name des Malers war unleserlich. In Anbetracht der dargestellten Szene und des Malstils nahm Steen an, dass das Bild mindestens ein halbes Jahrhundert auf dem Buckel hatte. Aber das machte es nicht unbedingt wertvoller. Bilder dieser Art gab es in Massen auf den Flohmärkten. Dieses hatte durch die dargestellte Szene auch eher einen dokumentarischen als einen künstlerischen Wert, denn schon als Steen Kind gewesen war, hatte es die Frachtboote, die von Dorf zu Dorf gefahren waren, auf den Kanälen und Tiefs nicht mehr gegeben. Hatte sich einfach nicht gelohnt. Gegen die Konkurrenz der Straße kam so ein Schiffer eben einfach nicht an.

„Setzen Sie sich, Herr Steen", sagte Diedrichs.

„Danke."

„Wollen Sie ein Bier?"

„Ich trinke nicht."

„Ah, Sie sind ja im Dienst, das hatte ich vergessen."

„Ich habe aber nichts dagegen, wenn Sie was trinken."

„Das werde ich dann auf die Zeit verschieben, wenn Sie nicht mehr hier sind", kündigte Diedrichs an. „Etwas zu trinken, wenn der andere zuschaut, ist irgendwie …"

„Seltsam?"

„Sie sagen es."

„Wie ich schon sagte: Es geht um Bernhardine Geiken. Sie wurde erschlagen im Knockster Tief aufgefunden, und wir suchen nun den oder die Täter."

„Wollen Sie meine Fingerabdrücke nehmen oder brauche ich ein Alibi? Also ganz ehrlich, Herr Steen, ich verstehe immer noch nicht, wieso Sie damit zu mir kommen. So gut kannte ich die Frau Geiken doch gar nicht."

„Also, um eins klarzustellen: Es besteht überhaupt kein Anlass, Sie als Verdächtigen zu betrachten, Herr Diedrichs."

„Na, da bin ich ja froh. Ich dachte schon, ich brauche jetzt einen Anwalt oder dergleichen."

„Nein, das brauchen Sie nicht."

„Gut."

„Wir durchleuchten jetzt natürlich alle Lebensumstände der Toten, weil wir auf diese Weise hoffen, auf ein Tatmotiv zu stoßen."

„Ja, das verstehe ich."

„Unter anderem auch die geschäftlichen Beziehungen ... Sie war ja wohl doch einigermaßen vermögend und es gibt in diesem Zusammenhang auch eine Verbindung zu Ihnen, Herr Diedrichs."

Steen sah ihn an und wartete die Reaktion des Zeugen ab. Ob und wenn ja inwiefern es da eine Verbindung gab, wusste Steen natürlich überhaupt nicht. Alles, was er hatte, war ein bisschen Gerede von Rieke aus dem *Mammut*. Und die durfte er nicht erwähnen, wenn er sich nicht ein anderes Stammlokal suchen wollte. Aber nicht nur das Opfer dieses Mordfalls hatte offenbar ab und zu dem Glücksspiel gefrönt. Rechtlich gesehen war Online-Poker genau das: Glücksspiel - auch wenn die Spieler natürlich eher in ihrem persönlichen Spielgeschick die Ursache des Erfolgs sahen. Steen hatte manchmal auch eine gewisse spielerische Ader. Und so legte er es in diesem Moment einfach mal darauf an, in der Hoffnung, dass die vagen Hinweise, die er hatte, sich wie durch einen Zauber in mehr Informationen verwandeln ließen. Manchmal klappte das.

„Also, sie hatte da so etwas eigenartige Sachen am Laufen", sagte Diedrichs. „Mir wurde das über drei Ecken ja auch angeboten."

„Was wurde Ihnen über welche Ecken angeboten?"

„Das ging alles über Kirsten Oltrogge. Das ist die Nichte von Frau Geiken. Die hilft ihr auch bei der Verwaltung der

Ferienhäuser, sorgt dafür, dass da geputzt wird, bevor neue Gäste kommen und so weiter."

„Sie haben mir immer noch nicht gesagt, was Ihnen angeboten wurde!"

„Zahle 500 Euro und dafür bekommst du das Doppelte oder Dreifache raus."

„Klingt wie ein gutes Geschäft!"

„Ein sehr gutes! Vorausgesetzt, Frau Geiken gewann bei ihren Online-Poker-Runden. Angeblich war sie richtig gut darin."

„Sie hat sich also ihre Einsätze finanzieren lassen."

„Kann man so sagen. Und Kirsten Oltrogge hat das richtig gut organisiert. Auch die anderen Beteiligungen."

„Was für andere Beteiligungen?"

„Man konnte sich zum Beispiel auch an einem Ferienhaus beteiligen und bekam dann einen Teil der Einnahmen und so etwas. Wie gesagt, das hat alles Frau Oltrogge organisiert - und ihre Tante, die hat dann versucht, das Geld zu vermehren."

„Und Sie wollten das nicht?"

„Ich habe mit meiner Frau darüber gesprochen."

„Und die war dagegen?"

„Herr Steen, meine Frau kommt aus einer sehr streng reformierten Familie. Ich meine, hier sind wir alle streng reformiert, aber manche nehmen das halt ernster als andere. Glücksspiel ist vom Teufel. Meine Schwiegereltern haben da auch feste Ansichten. Sehr feste, kann ich Ihnen sagen. Und ein Cousin von der Seite ist sogar Pfarrer - und zwar drüben in Suurhusen."

„Da, wo die schiefe Kirche ist."

„Genau. Verstehen Sie jetzt, worauf das hinausgelaufen wäre? Ich hatte quasi die Wahl, zwischen dauerhaftem Ärger mit meiner Frau und der Hälfte meiner

Verwandtschaft und der Aussicht auf ein paar schnelle Euro durch Frau Geikens Poker-Künste."

„Und da haben Sie sich gegen den schnöden Mammon entschieden."

„Ich wollte keinen Ärger. Aber sagen Sie mal, ist das denn überhaupt legal? Online-Poker, meine ich."

„Das zählt als Glücksspiel", sagte Steen. „Und Glücksspiel unterliegt in Deutschland dem Monopol des Staates."

„Das heißt, es ist illegal und Frau Geiken stand mit einem Bein im Knast?"

„Bei Glücksspielen, die im Internet durchgeführt werden - Online-Poker oder Sportwetten zum Beispiel - kann auch die Genehmigung eines anderen Staates als gültig anerkannt werden. Dann ist es legal. Das geschieht insbesondere dann, wenn die Genehmigungsstandards dieses Staates mit den deutschen Verhältnissen vergleichbar sind."

„Und sonst nicht?"

„Nein. Dann ist es illegales Glücksspiel und daran ist sowohl die Beteiligung als auch die Veranstaltung als solche strafbar."

„Aber ich habe mich mal ein bisschen kundig gemacht. Wie soll ich denn erkennen, ob ich mich da auf einer illegalen Seite zum Glücksspiel anmelde?"

„Das können Sie nicht erkennen", sagte Steen. „Diese Seiten werden ja meistens von Ländern wie Gibraltar oder Malta aus betrieben. Und weil Sie das als normaler Spieler nicht erkennen können, ist in Deutschland bislang auch noch nie jemand wegen seiner Beteiligung an einem Online-Glücksspiel verurteilt worden. In Deutschland gilt der Rechtsgrundsatz, dass erkennbar sein muss, wann das Gesetz übertreten wird. Und das ist hier wohl zumindest zweifelhaft. Insofern hätte sich Frau Geiken in dieser Hinsicht nicht unbedingt Sorgen machen müssen."

„Und wenn jemand Gelder einsammelt, um sie durch so ein Glücksspiel zu vermehren?"

„Ich bin kein Jurist. Vielleicht könnte man dann aber argumentieren, dass Frau Geiken ebenfalls die Veranstalterin eines Glücksspiels war und das wäre dann in der Tat gesetzwidrig."

„Und wenn man diese Gelder nur einsammelt, hinterher aber behauptet, man habe sie verloren, was aber in Wahrheit nicht stimmt?"

„Könnte sittenwidrig sein", meinte Steen.

„Ich nenne das Betrug."

„Hat Frau Geiken denn so etwas gemacht?"

„Wie gesagt, ich habe später gehört, dass andere Teilnehmer an diesem halbseidenen Geldvermehrungssystem sich auf diese Weise betrogen fühlten."

„Dann wäre es schwierig geworden, sich damit an die Polizei zu wenden, denn alle Beteiligten wären ja Teilnehmer eines nicht genehmigten Glücksspiels gewesen, das Frau Geiken für sie organisiert hatte. Ob man nun darauf wettet, dass Frau Geiken bei einem Pokerspiel gewinnt oder darauf, dass Kickers Emden in die Erste Bundesliga kommt - das ist im Prinzip egal."

„Nur, dass Kickers Emden nie in die Erste Bundesliga kommen wird, während es die Frau Geiken wohl echt draufhatte, Herr Steen."

Steen atmete tief durch. „Jo, das mag wohl sein", gab er zu.

„Und im Übrigen sagte ich ja schon, dass die Organisatorin des Ganzen wohl doch mehr die Frau Oltrogge war. Wenn wir schon bei dem Bild einer Sportwette bleiben wollen: Die Frau Geiken war das beste Pferd auf der Rennbahn, aber Frau Oltrogge war der Buchmacher."

„Wer hat sich denn da so beschwert?", fragte Steen und kam dann zum entscheidenden Punkt an der Sache. „Ich brauche Namen."

„Und ich soll dann weiter hier leben, meine Kinder in die Schule schicken, zum Bibelkreis gehen und beim Boßeln meinen Schnaps trinken, während mich alle schief angucken, weil ich einige von ihnen wegen eines missglückten Glücksspiels dem Kommissar von der Kripo verraten habe?" Diedrichs seufzte. „Der Hof hat meinen Eltern gehört. Der Job bei VW ist sicher - trotz Abgasaffäre, wie ich hoffe. Ich dachte, ich könnte hier alt werden, Herr Steen! Und zwar in Frieden!"

„Und deswegen werden Sie mir keinen Namen nennen."

„Wären doch nur Gerüchte, oder?"

„Na ja."

„Was mich übrigens jetzt im Nachhinein etwas wundert, ist, wie Sie eigentlich auf mich gekommen sind."

„Wieso?"

„Na, ich dachte, die Frau Oltrogge und die Frau Geiken hätten irgendwie aufgeschrieben oder im Computer gespeichert, wem sie die Teilnahme angeboten haben und so etwas."

„Nun …"

„Bei Geschäften gibt's doch immer Geschäftsunterlagen, ganz gleich, ob das nun legal war oder nicht! Oder wollen Sie mir erzählen, die ham sich das alles in ihren dödeligen Hirnen merken können?"

„Herr Diedrichs …"

„Ja, und nun wundert es mich, dass Sie offenbar meinen Namen gefunden haben, aber nicht die Namen der anderen Teilnehmer oder potenziellen Teilnehmer … oder haben Sie mich irgendwie jetzt hereingelegt?"

Auf jeden Fall schien Benno Diedrichs nicht in Erwägung zu ziehen, dass Rieke aus dem *Mammut* vielleicht etwas darüber gesagt hatte. Und ehe Benno Diedrichs vielleicht von selbst darauf kam, war es vielleicht das Beste, jetzt zu gehen.

„Ich mach mich mal vom Acker", erklärte Steen, holte eine Visitenkarte aus der Seitentasche seines Bundeswehr-Parkas heraus und legte sie auf den Tisch. „Das ist meine Karte. Unter der Handy-Nummer können Sie mich Tag und Nacht erreichen. Könnte ja sein, dass Ihnen noch irgendetwas einfällt, was Sie mir dann doch noch sagen wollen."

„Mal sehen", sagte Benno Diedrichs.

Steen erhob sich.

Benno Diedrichs ebenfalls. Auf Steen wirkte Diedrichs so, als hätte er jetzt sein Bier bitter nötig. „Sie sollten immer an eins denken, Herr Diedrichs."

„So?"

„Es ist ein Mensch ums Leben gekommen und es läuft ein Mörder frei herum. Alles andere verblasst doch dagegen, oder?"

„Sie meinen die Sache mit dem Glücksspiel."

„Ja, oder auch, dass ein paar Nachbarn einen schief ansehen."

Benno Diedrichs wich Steens Blick aus. Und Steen hatte es im Gefühl, dass es jetzt bei Diedrichs ziemlich intensiv im Kopf rumoren musste. Aber das hatte er durchaus beabsichtigt. Manchmal musste man jemanden unter Druck setzen, damit er etwas sagte. Und manchmal war genau das Gegenteil richtig. Man musste dem Betreffenden nur Zeit genug geben, damit er selbst darauf kam, was richtig war und was falsch. Und bei Benno Diedrichs hatte Steen durchaus die Hoffnung, dass das auf diese Weise funktionieren konnte.

„Tja dann, viel Erfolg bei Ihrer Mörderfahndung, Herr Steen", verabschiedete sich Benno Diedrichs.

„Den werde ich haben", sagte Steen. „Ich habe eine Aufklärungsquote von fast hundert Prozent. Manchmal dauert es nur ein paar Jahre länger, aber irgendwann kriege ich alles heraus."

„Klingt bei Ihnen fast wie eine Drohung, Herr Steen. "

„Das ist es nicht", erklärte Steen. „Es ist ein Versprechen."

## Kapitel 12

An diesem Abend klingelte es an der Haustür bei Oltrogges in Suurhusen. Kirsten Oltrogge war allein. Das war sie häufig, denn ihr Mann war Kapitän auf einem Containerschiff. Auch jetzt war er irgendwo auf hoher See. Sie erhob sich aus dem Sessel im Wohnzimmer.

Es klingelte erneut. Ungeduldiger diesmal. Zweimal kurz hintereinander drückte da jemand auf den Klingelknopf. Es schien ziemlich dringend zu sein.

Das Herz schlug ihr bis zum Hals.

Fieberhaft überlegte sie, was jetzt zu tun war. *Irgendwann musste es ja Ärger geben!,* ging es ihr durch den Kopf. Jetzt klingelte es erneut. Und dazu klopfte es.

„Einen Moment!", rief Kirsten Oltrogge, als sie den Flur erreichte.

Sie griff in die Schublade einer Kommode und holte eine Pistole hervor.

Dann ging sie zur Tür und öffnete.

Ihr Gesicht veränderte sich, als sie die schattenhafte Gestalt erkannte, die sich gegen die Dunkelheit abhob.

„Sie? Was wollen Sie?"

Kirsten Oltrogge hob die Hand, in der sie die Pistole hielt. Doch da hatte sie schon der erste Schlag am Kopf getroffen. Es war etwas sehr Hartes. Noch ehe sie zusammenbrach, traf sie der zweite Hieb. Augenblicke später lag sie in eigenartig verrenkter Haltung am Boden. Die Gestalt machte einen Schritt über sie hinweg, bückte sich und dann folgte noch ein weiterer Schlag. Es war der letzte. Kirsten Oltrogges Augen starrten tot in die Höhe, so als würden sie irgendetwas an der Decke fixieren.

Eine Hand glitt über ihre Augen und schloss sie für immer.

„Tut mir leid", murmelte eine heisere Stimme vor sich hin.

## Kapitel 13

Kriminalhauptkommissar Steen hatte in dieser Nacht nicht gut geschlafen. Nicht gut und vor allem kurz, so konnte man die Nacht insgesamt zusammenfassen. Die Gedanken rasten in seinem Kopf. Er hatte einfach zu sehr über den Fall nachdenken müssen, mit dem er zurzeit beschäftigt war. Irgendwie konnte er sich des Gefühls nicht erwehren, etwas Entscheidendes übersehen zu haben. Ich bin noch nicht auf der richtigen Spur, ging es ihm immer wieder durch den Kopf. Noch konnte er es nicht erklären, aber sein Instinkt war in dieser Hinsicht untrüglich.

Es fehlten wohl einfach noch zu viele Teile in diesem Puzzle, sodass noch kein sinnvolles Gesamtbild aus den bisher zusammengefügten Bruchstücken erkennbar war.

Steen stand sehr früh auf, noch bevor es hell wurde. Er fuhr zur Dienststelle der Kripo. Vorher holte er sich einen Kaffee und etwas zum Frühstücken.

Schließlich saß er vor dem Computer von Bernhardine Geiken. Seit dem Gespräch mit Benno Diedrichs war Steen mehr denn je überzeugt davon, dass irgendwo im Gehäuse dieses Rechners der Schlüssel zu dem ganzen Fall zu finden sein musste.

Jedenfalls glaubte Steen, auf diese Weise schneller voranzukommen, als wenn er auf die Untersuchungsergebnisse der Kollegen von der Zweigstelle des Landeskriminalamtes in Oldenburg wartete.

Die Leiche, die Ankerkette und was es sonst noch so gab - all das würde vielleicht erst viel zu spät neue Erkenntnisse zum Täter liefern. Steen mochte sich jedenfalls nur ungern darauf verlassen, dass er von dieser Seite noch rechtzeitig irgendwelche Unterstützung erhielt. Die Zeit arbeitete grundsätzlich für den Täter, nicht für die Ermittler. Und es mochte gut sein, dass der Täter jetzt schon untergetaucht war. Je mehr Zeit verging, desto schwieriger wurde es, die Ermittlungen wirklich noch sachgerecht führen zu können.

Er war so konzentriert bei seiner Arbeit am Computer, dass er gar nicht merkte, wie sein Kaffee kalt wurde. Er bemerkte auch kaum, dass Altje Remels eintraf. Ihren Bericht von der gestrigen Schlachtung hätte Steen sowieso mehr oder minder bewusst ausgeblendet. Fleisch war für ihn etwas, was auf dem Teller lag und mit Soße übergossen wurde - aber nicht etwas, was mal gelebt hatte. Zumindest wollte Steen sich das nicht unbedingt allzu lebhaft ins Bewusstsein rufen. Mit Mord und Totschlag hatte er schließlich beruflich zu tun, da brauchte es nicht auch noch ausführliche Darstellungen von Geschehnissen bei einer Schlachtung.

Altje war da völlig hemmungslos. „Meine Mutter hatte plötzlich einen Krampf im Arm und dann ist uns die Wanne mit Blut umgekippt, als wir sie wegtragen wollten", berichtete Altje unter anderem. „Ich hab gleich gesagt: Pa kommt doch gleich vom Klo, aber meine Ma wollte nicht warten. 'Das schaffen wir', hat sie gesagt. Tja, und da sah es bei uns aus wie in einem Horror-Film."

„So, so", sagte Steen.

„Blutwurst gibt es diesmal bei uns nicht. Ist alles in den Ausguss gegangen."

„Hm."

„Aber du kriegst drei dicke Mettwürste."

„Altje, ich schaffe nur eine, bevor sie schlecht wird."

„Dann isst du halt für eine Weile etwas mehr Wurst und weniger Käse", entgegnete Altje daraufhin und deutete auf das halb aufgegessene Käsebrötchen, das Steen neben dem Computer von Bernhardine Geiken liegen hatte.

Wenig später traf Ulfert Jansen ein.

„Na, schon so früh auf den Beinen?", meinte er. „Ich bin doch sonst immer der Erste."

„Und heute der Letzte", sagte Altje. „Aber in der Bibel seht schon, die Ersten werden die Letzten sein."

Altje hatte manchmal die Angewohnheit, die Bibel zu zitieren, auch wenn ihre Zitate nicht immer wirklich passten und manchmal auch, je nach Situation, einer gewissen tendenziösen Zensur unterlagen.

„Mir hat das alles einfach keine Ruhe gelassen", sagte Steen.

„Den Seinen gibt es der Herr nicht unbedingt im Schlaf", lautete Altjes Kommentar.

Steen deutete auf den Computer. „War schon ganz schön interessant, da mal etwas herumzustöbern. Und ich kann noch lange nicht behaupten, dass ich damit fertig wäre!"

„Und? Was gibt es an neuen Erkenntnissen?", fragte Ulfert. „Hat sich die gute Frau Geiken vielleicht regelmäßig in Sex-Hotlines eingewählt oder Nacktbilder von sich präsentiert? Oder war sie Modebloggerin für Senioren?"

„Du bist nahe dran, Ulfert."

„So?"

„Sie hatte sich auf einer Dating-Plattform angemeldet", erklärte Steen.

„Na ja, ihr Mann war ja auch schon eine Weile tot", mischte sich Altje ein. „Kann doch gut sein, dass sie da inzwischen mal wieder Sehnsucht nach männlicher Begleitung hatte. Wäre doch ganz natürlich ..."

„In der Hauptsache habe ich mich ja um diese Poker-Sache gekümmert", berichtete Steen. „Sie hat sich bei verschiedenen Veranstaltern angemeldet, und wenn ich das auch nur halbwegs richtig überblicke, dann stimmt alles, was wir an Gerüchten über die gute Frau gehört haben."

„Dann war sie wirklich so eine Zocker-Sau?", fragte Altje.

„Altje, wie sprichst du über ein Mordopfer", tadelte Ulfert.

„Entschuldigung", sagte Altje. „Aber mal im Ernst: Darauf lief doch alles hinaus, oder etwa nicht?"

„Ja", bestätigte Steen. „Sie war auf jeden Fall sehr erfolgreich mit ihrer Pokerei - und sie muss wirklich Unsummen damit verdient haben. Ihre Einsätze waren ebenfalls ziemlich hoch."

„Hatte sie Spielschulden?", fragte Ulfert.

„In gewisser Weise schon", sagte Steen. „Verloren hat sie offenbar kaum, sie hat nach einem ersten Überblick immer deutlich mehr herausbekommen, als sie eingesetzt hat."

„Dann verstehe ich nicht ganz, worauf du hinauswillst, Steen."

„Ich habe von einem Zeugen, dem das auch angeboten worden ist, erfahren, dass Bernhardine Geiken für ihre Einsätze Geld bei interessierten Leuten eingesammelt hat - mit dem Versprechen, es zu vermehren."

„Das klingt …"

„… nach illegalem Glücksspiel", sagte Steen. „Das Ganze ging über Kirsten Oltrogge. Sie hat das offenbar organisiert. Eigentlich hatte ich gehofft, hier Daten von unseren Teilnehmern an dieser besonderen Poker-Lotterie zu finden, aber Bernhardine Geiken besitzt die offenbar nicht."

„Dann sollten wir Kirsten Oltrogge verhaften", meinte Altje. Sie lächelte zufrieden. „Lass mich das machen, Chef! Bitte! Für die alten Zeiten und dafür, dass mich die blöde Kuh beim Gummitwist immer gehänselt hat. Das musst du mir gönnen, Steen."

„Zunächst einmal statten wir ihr einen Besuch ab", sagte Steen.

„Du bist immer so abwartend, Steen!"

„Ich halte mich an die Gesetze. Und das bedeutet, dass man jemanden erstmal befragt und dann …"

„Jedenfalls verstehe ich jetzt, wieso Kirsten unbedingt an den Computer von Frau Geiken wollte", meinte Altje. „Dieses skrupellose Luder! Die hätte den Rechner doch einfach verschwinden lassen, und wir hätten nie was von den Poker-Turnieren und all dem anderen erfahren!"

„Ja, dieser Verdacht ist mir auch schon gekommen", bestätigte Steen.

In diesem Augenblick öffnete sich die Tür.

„Moin", sagte eine tiefe, etwas knarzige Stimme. Es war das breiteste, lang gezogenste 'Moin', das man sich nur vorstellen konnte. Der Mann, der gerade eingetreten war, trug Polizeiuniform, war grauhaarig und vollbärtig. Sein Name war Ihno Purwin. Ein Kollege, der die Ruhe weghatte und keine Gelegenheit ausließ, um zu betonen, wie sehr er sich auf die Pensionierung freute. Da Ihno Purwin das entsprechende Alter fast erreicht hatte, war das für ihn auch durchaus in zeitlicher Reichweite. Genau das ärgerte so manchen anderen Kollegen, die davon noch wesentlich weiter entfernt waren.

„Moin, Ihno", sagte Steen.

„Ich bin nicht zum Spaß hier", sagte Ihno Purwin.

„Das haben wir uns schon fast gedacht", meinte Steen.

„Es gibt eine Leiche. Und dafür seid ihr doch zuständig."

„Noch eine?", meinte Altje. „Wir haben doch noch den Fall Bernhardine Geiken."

Ihno Purwin schaute auf seinen Zettel, den er in der Rechten trug. „Kirsten Oltrogge, wohnhaft in Suurhusen. Das ist die Tote. Der Mann ist Kapitän von so einem Container-Schiff. Ich kenn den vom Boßeln."

Steen stand der Mund offen. Auch Ulfert und Altje wirkten ziemlich perplex.

„Nee, das ist jetzt nicht wahr!", meinte Altje.

„Handschellen wirst du ihr jetzt wohl nicht mehr anlegen können", bemerkte Steen.

„Ja, das ist mal wieder typisch Kirsten! Geht einem ständig auf die Nerven und wenn man sie mal braucht, ist sie tot!"

„Antje, so reden wir nicht über Opfer von Gewaltverbrechen", tadelte Ulfert sie ernst.
„Ja, aber ist doch wahr! Oder etwa nicht? Außerdem sage ich das ja nicht in der Öffentlichkeit, sondern nur unter uns."
„Bin ich froh, dass ich das bald hinter mir habe", meinte Ihno Purwin. Er seufzte hörbar. „So was von froh!"

## Kapitel 14

Das Haus der Oltrogges lag in Sichtweise der Kirche von Suurhusen, deren schiefer Turm das am stärksten unabsichtlich geneigte Bauwerk der Welt war. Der Untergrund hatte sich wohl irgendwann ungleichmäßig abgesenkt. Wenn man über die Bundesstraße 70 nach Suurhusen kam, dann sah es so aus, als müsste der Kirchturm jeden Moment umstürzen.

Tatsächlich war seine Neigung stärker als die des Schiefen Turms von Pisa, dessen Schieflage wohl eine ähnliche Ursache hatte. Dass der Schiefe Turm von Pisa trotzdem um einiges berühmter war als der noch schiefere Turm von Suurhusen, wurde von ostfriesischen Lokalpatrioten schon seit Langem als ein schreiendes Unrecht empfunden. Ein Unrecht, das seine Ursache vielleicht darin haben mochte, dass der Schiefe Turm von Pisa einfach sehr viel höher war und seine Neigung deswegen noch bedrohlicher wirkte als jene des Kirchturms von Suurhusen.

Backsteingotik nannte man den Baustil des Gotteshauses und obwohl Steen nun wirklich nicht zum ersten Mal in Suurhusen war, konnte er sich dem Anblick einfach nicht entziehen.

Seine Gedanken gingen weit zurück.

Zurück bis in die Kindheit. Er erinnerte sich noch gut daran, wie er mit seinem Vater zusammen im Auto gesessen hatte, als sie die B 70 Richtung Aurich gefahren waren. „Halt an, Papa! Ich will sehen, wie der Turm umfällt!", hatte er damals gerufen. Aber der Turm stand immer noch. Ein Wahrzeichen der ganzen Gegend.

„Träumst du, Steen?", fragte Ulfert, der auf dem Beifahrersitz saß.

„Nur ein bisschen", antwortete Steen gedankenverloren.

„Muss ja auch mal sein", gab Ulfert zurück.

Steen nickte. „Muss."

Altje Remels und Ihno Purwin waren schon etwas früher eingetroffen. Steen erkannte den Einsatzwagen, mit dem sie losgefahren waren. Herr Purwin sprach mit einer Frau aus der Nachbarschaft und machte dabei ein sehr betroffenes Gesicht.

Von Altje sah Steen nirgends etwas. Vermutlich war sie bereits im Haus. „Geh du schon mal rein, Ulfert", bat Steen.

„Okay."

„Ich will mal sehen, mit wem der Purwin da spricht."

„Bis gleich."

Steen ging auf Polizeimeister Ihno Purwin zu, der der Frau geduldig zuhörte. Sie war in den Vierzigern, leicht übergewichtig, blond und sprach eine Mischung aus Hochdeutsch und Platt.

Steen holte seinen Ausweis hervor.

„Steen, Kripo Emden. Sind Sie eine Zeugin?", fragte der Kommissar.

„Das ist Frau Menninga", antwortete Purwin. „Sie hat die Tote entdeckt."

„Dann erzählen Sie mal, was Sie beobachtet haben", bat Steen.

„Also, ich war mit Frau Oltrogge verabredet. Wir sind nämlich beide in der hiesigen Kirchengemeinde aktiv und da war noch einiges wegen des diesjährigen Bücher-Basars zu klären. Tja, ich stand vor dem Haus der Oltrogges und habe geklingelt. Niemand machte auf. Ich hab nochmal geklingelt und dann habe ich festgestellt, dass die Tür gar nicht richtig geschlossen war."

„Sondern?"

„Sie war nur angelehnt. Das hat mich dann doch ziemlich stutzig gemacht."

„Kann ich nachvollziehen."

„Ich bin hineingegangen und - da lag sie dann. Ausgestreckt auf dem Boden. Mit einer Pistole in der Hand."

„Mit einer Pistole?"

„Ja, merkwürdig, oder? Wenn da das Blut nicht gewesen wäre, dann hätte sie beinahe ausgesehen, als würde sie schlafen."

„Was meinen Sie damit?"

„Sie hatte die Augen geschlossen."

Steen atmete tief durch. „Ich war noch nicht drüben und habe mir das alles noch nicht mit eigenen Augen angesehen", erklärte Steen. „Aber Sie erwähnten gerade eine Pistole ..."

„Ja, sie hat mir mal erzählt, dass sie eine Waffe hat. Zur Sicherheit, wie sie sagte."

„Ist Suurhusen so gefährlich?"

„Ja, was glauben Sie denn! Ich sag ja immer, die Polizei ist ja nirgendwo. Sieht man hier vielleicht mal einen Polizisten herumlaufen?"

„Na ja, wir sind ja jetzt da", bemerkte Ihno Purwin. Er sprach sehr breit, sehr langsam und sehr tief. Die personifizierte Entschleunigung. Auf Frau Menninga schien das aber eher einen gegenteiligen Effekt zu haben.

Sie drehte jetzt erst richtig auf. „Erst jetzt, wenn was passiert ist, dann sind Sie da!", hielt sie Purwin entgegen. „Und neulich, da hatte ich Hortensien vor unserem Haus gepflanzt - in zwei Kübeln links und rechts von unserer Tür."

„Das sah sicher gut aus", meinte Herr Purwin trocken.

„Die Betonung liegt auf dem Wort 'sah'. Mein Mann und ich waren mit der Familie von unserem jüngsten Sohn auf dem Matjesfest in Emden, und was glauben Sie wohl, was da passiert ist?"

„Also mir sind keine besonderen Vorkommnisse vom Matjesfest bekannt", erinnerte sich der Kripomann.

„Ich meine auch nicht, was dort passiert ist, sondern was derweil hier passiert ist! Als wir zurückkamen, waren die Hortensien aus den Kübeln herausgegraben worden. Die hat jemand einfach geklaut!"

„Haben Sie das denn zur Anzeige gebracht?", fragte Ihno Purwin.

„Ja, das hab ich und der Beamte hat mir gesagt, dass ich das zwar anzeigen könnte, ich mir aber keine Hoffnungen machen sollte, dass ich die Blumen jemals wiedersehe! Und vor einer Weile habe ich dann ein Schreiben bekommen, da stand drin, dass die Ermittlungen eingestellt werden, weil keine Aussicht besteht, den Fall abzuschließen."

„Ja, das tut mir wirklich sehr leid", sagte Steen.

„So sicher sind wir hier in Suurhusen!", fuhr Frau Menninga fort, die sich jetzt richtig in Rage geredet hatte. „Wahrscheinlich waren das diese rumänischen Intensivtäter, die mit Lastwagen-Trecks über das Land fahren und überall einbrechen! Und die Polizei unternimmt nichts!"

„Haben Sie mal in der Nachbarschaft herumgeschaut, wer gerade zum selben Zeitpunkt frische Hortensien gepflanzt hat?", wollte Ihno Purwin wissen. „Könnte ja sein, dass Ihre Blumen jetzt ganz in der Nähe aufgeblüht sind."

„Ja, was glauben Sie denn!"

„Na, jedenfalls eins steht fest: Bis Rumänien im Lastwagen würden die es nicht schaffen. Die wären vorher verdorben."

„Ich habe überall in der Nachbarschaft kontrolliert, wer Hortensien gepflanzt hatte", fuhr Frau Menninga fort. „Jedes Grundstück, jeden Garten, mein Mann und ich sind wochenlang überall gewesen und haben systematisch nach meinen Hortensien gesucht, denn die Polizei hat ja Besseres zu tun und für die Verfolgung solcher belanglosen Verbrechen keine Zeit."

„Und Sie haben kein verdächtiges Blumenbeet gefunden?", fragte Ihno Purwin mit seiner Gute-Nacht-und-

Schlaf-gleich-ein-Stimme, die von jeher optimal dafür geeignet war, aufgebrachte Bürger zu beruhigen. Eine Art angeborene Deeskalationsautomatik, die der ganzen Dienststelle in der Vergangenheit immer wieder in kritischen Situationen geholfen hatte. Steen mochte gar nicht daran denken, wer diese Rolle übernehmen sollte, wenn Purwin seine wohlverdiente Pension genoss.

Wahrscheinlich werde ich mir vorher noch einen Nachhilfekurs unter Kollegen von ihm geben lassen müssen, ging es Steen durch den Kopf. Aber in seinem Kopf war auch noch ein anderer Gedanke und der musste jetzt einfach raus. Auch wenn er sicher kaum geeignet war, Frau Menninga jetzt zu beruhigen. Eher das Gegenteil war zu vermuten.

„Frau Menninga, wie viel Geld schuldet die tote Frau Oltrogge Ihnen noch?", fragte Steen.

Das war ein Schuss ins Blaue.

Aber er hatte getroffen.

Das war schon daran zu erkennen, dass Frau Menningas Mund nichts mehr sagte und offen blieb. Sie vergaß einfach, ihn zu schließen.

„Was?!", brachte sie dann schließlich hervor.

Sie wirkte vollkommen überrascht und ihr Gesichtsausdruck schien zu fragen: 'Woher weiß der das?'

„Soll ich meine Frage nochmal wiederholen?", fragte Steen. „Ich möchte gerne wissen, wie viel Geld Frau Oltrogge Ihnen schuldete. Beziehungsweise Frau Geiken, denn es ist ja wohl so, dass Frau Oltrogge Geld eingesammelt hat, das Frau Geiken dann beim Online-Poker vermehren sollte."

„Das ... das wäre ja Glücksspiel ..."

„Na ja ..."

„Also Sünde!"

„Frau Menninga, ich bin nicht der Pastor."

„Und Sie sagen es ihm auch nicht?"

„Wenn Sie es nicht der Zeitung erzählen, wenn man Sie in Kürze fragt."

„Wie käme ich dazu."

„Sie sind auch nicht die Einzige, Frau Menninga."

„Also bei mir war es nicht so viel."

„Was ist 'nicht so viel?'"

„Fünfhundert Euro." Die Sache schien Frau Menninga wirklich sehr peinlich zu sein. Sie sprach plötzlich viel leiser und wagte es kaum noch, den Beamten offen anzusehen. „Ich hatte vorher schon von anderen gehört, dass Frau Oltrogge Gelder einsammelte, um sie für gewisse Projekte einzusetzen ..."

„Und dann haben Sie es auch mal versucht."

„Die Beträge wurden zum Teil verdoppelt und verdreifacht! Das war fast zu schön, um wahr zu sein. Aber es kam dann ja auch, wie es kommen musste."

„Wie musste es dann Ihrer Meinung nach kommen?", hakte Steen nach.

Frau Menninga runzelte die Stirn und unterzog Steen einer kurzen, aber kritischen Musterung. „Na, wie wohl", stieß sie dann hervor. „Die Quelle des Satans versiegte."

„Die Quelle des Satans", murmelte Steen.

„Ja, manche Leute sehen die Dinge hier noch etwas strenger als anderswo", kommentierte Purwin.

„Und geben dann doch ganz schnell der Sünde nach, wenn die Kasse klimpert", stellte Steen fest. Eine gallige Bemerkung, die er sich vielleicht besser verkniffen hätte, wie ihm wenig später klar wurde. Aber Worte konnte man nicht zurücknehmen. Und so war Steen schon einen kurzen Moment später bewusst, dass er wahrscheinlich etwas verbockt hatte, was eigentlich noch recht interessant hätte werden können. Aber Frau Menninga war jetzt sichtlich verstimmt. „Wer ohne Sünde ist, der werfe den ersten

Stein", konstatierte sie. „Und Angehörige einer Polizei, die sich zu fein war, den Hortensien-Diebstahl aus meinen Blumenkübeln mit Nachdruck aufzuklären, sollten sich da mal nicht so auf das hohe Ross setzen!"

„Frau Menninga, Sie haben Ihren Einsatz nicht mehr zurückbekommen, ist das richtig. Sie und andere ...", stellte Steen fest.

„Ja, das ist wahr."

„Aber die Frau Geiken hat keineswegs das Glück im Spiel verlassen", erklärte Steen. „Das konnte ich mit Hilfe ihres Computers inzwischen in Erfahrung bringen."

„Mir wurde immer gesagt, das Spielglück sei wechselhaft", sagte Frau Menninga. „Und man könnte halt nicht damit rechnen, wie mit meiner Rente oder einem Bausparvertrag."

„Und das haben Sie auch so geglaubt?"

„Na ja, wenn ich ehrlich sein soll ..."

„Seien Sie ehrlich, Frau Menninga. Es geht um die Aufklärung von Mordfällen. Frau Geiken wurde umgebracht - und jetzt Frau Oltrogge."

„Sie denken, dass das was miteinander zu tun hat?"

„Ich denke im Moment noch gar nichts", antwortete Steen. „Ich bemühe mich herauszufinden, was geschehen ist, und Sie würden mir sehr helfen, wenn Sie mir so viel wie möglich von dem sagen, was Sie wissen. Es sei denn ..."

„Es sei denn?", fragte Frau Menninga.

„Es sei denn, Sie würden sich mit Ihrer Aussage selbst belasten - weil Sie Frau Oltrogge umgebracht haben."

„Wie können Sie so etwas sagen?"

„Haben Sie denn?"

„Das hätte ich niemals getan", gab Frau Menninga äußerst pikiert zur Antwort. Sie atmete durch. Ihr Gesicht verzog sich auf eine Weise, die Steen zunächst irritierte. Eine tiefe Zornesfalte bildete sich auf Frau Menningas Stirn. Sie rang offenbar innerlich noch mit sich darüber, wie viel sie von dem, was da an sehr unterschiedlichen Gefühlen in ihr aufzuwallen schien, nach außen dringen lassen sollte. Aber dann platzte es einfach aus ihr heraus. *Wie bei einem Geysir*, dachte Steen. Man musste auf solche Augenblicke warten. Manchmal konnte man sie auch provozieren und Steen hatte damit in der Vergangenheit mal mehr und mal weniger Glück gehabt. Aber wenn es gelang, dann bekam man meistens eine relativ ehrliche Antwort.

„Nein, ich habe Kirsten - Frau Oltrogge - nicht umgebracht, auch wenn ich es gerne getan hätte! Fünfhundert Euro sind viel Geld für uns, und ich war wirklich sehr wütend auf sie. Aber ich hätte das niemals getan."

„Und warum nicht?"

„Weil unser Herr sagt, dass man friedfertig sein soll! Deshalb!" Sie schüttelte den Kopf. „Sie hat uns immer wieder hingehalten wegen dem Geld. Ich dachte eigentlich, dass wir befreundet wären. Aber bei Geld hört ja bekanntlich die Freundschaft auf. Und dann hieß es auch noch, dass sie weiter einen Poker-Sieg nach dem anderen feierte, die Geiken. Der Junge von Frau Lübberts, der kennt sich mit dem Internet gut aus und hat das herausgefunden. Die hat uns also alle nach Strich und Faden betrogen, aber Rache ist die Sache Gottes, nicht meine."

„Ja, das sagt sich so leicht", murmelte Steen.

Frau Menninga streckte ihre Hände vor. „Nehmen Sie mich fest, wenn Sie wollen! Aber ich kann Ihnen auch auf der Wache oder vor Gericht nichts anderes sagen, als ich Ihnen hier und jetzt gesagt habe!"

Steen wechselte einen Blick mit Ihno Purwin. Der war zwar eigentlich die Ruhe in Person, wirkte aber in diesem Moment doch einigermaßen überrascht und schien unschlüssig zu sein, wie er darauf reagieren sollte.

Nachdem auch Steen nicht reagiert hatte, streckte Frau Menninga ihre Hände nun Purwin entgegen.

„Dann nehmen Sie mich fest! Einer von Ihnen wird das ja wohl schaffen und zu irgendwas sollten Ihre Handschellen ja schließlich auch gut sein, Herr Purwin!"

„Gehen Sie nach Hause", beendete Steen die Befragung. „Ich glaube Ihnen. Bleiben Sie zu Hause und falls wir noch Fragen haben, kommen wir zu Ihnen."

Frau Menninga schluckte. „Gut", sagte sie schließlich und senkte die Arme. „Bis dann."

Zögernd ging sie davon. Einmal kurz blickte sie sich noch zu Purwin und Steen um.

„Die hat's drauf", bemerkte Purwin, nachdem Frau Menninga schon außer Hörweite war. „Sie ist ja auch sehr aktiv in der Waterkant-Laien-Theatergruppe. Die haben in diesem Jahr ein Stück aufgeführt, das hieß 'Die Mörderin von Krummhörn', das habe ich gesehen."

„So?", meinte Steen.

„Da hatte sie eine ähnliche Szene. Und sie kann auch sehr laut schreien, das hat sie jetzt nicht gemacht. Aber die emotional überzeugende Darbietung hat sie schon drauf, oder?"

„Hat sie offenbar", musste Steen zugeben. „Dass sie die Mörderin ist, glaube ich aber trotzdem nicht."

„Glauben ist nicht wissen, Steen."

„Leider", sagte Steen. „Sonst könnten wir alle hier Feierabend machen und Frau Oltrogge wäre vielleicht nicht umgekommen, weil wir dann schon den Mörder von Bernhardine Geiken hätten."

„Und das ist derselbe?", fragte Purwin.

„Ich glaube, ja."

Purwin seufzte. „Glaube", echote der Polizist. „Kommt ziemlich oft vor, das Wort. Und das, obwohl du doch gar nicht in der Kirche bist, wie ich gehört habe, Steen!"

## Kapitel 15

Wenig später betrat der Kriminalkommissar das Haus von Kirsten Oltrogge.

„Vorsicht!", rief Ulfert. „Bin noch dabei alles abzuspuren! Nicht auf die Leiche treten!"

Ulfert trug Latexhandschuhe. Der zweite Mann im Hausflur nicht. Er war klein und rund, kniete neben der Leiche und da er einen Arztkoffer neben sich abgestellt hatte, nahm Steen an, dass er Arzt war.

„Wer sind Sie?", fragte Steen.

„Dr. DeVries."

„Pathologe sind Sie aber nicht!"

„Das ist der Hausarzt von Frau Oltrogge", sagte Ulfert. „Das war jetzt die schnellste Lösung. Der wohnt nämlich hier um die Ecke."

„Ah ja", sagte Steen.

„Ja, ich kannte Frau Oltrogge schon seit vielen Jahren. Sie hatte ein bisschen Zucker und konnte schlecht schlafen, aber ansonsten war sie immer gesund", meinte Dr. DeVries.

„Die Stellen am Kopf kommen aber nicht vom Zucker", stellte Steen trocken fest.

„Nein, man hat ihr mehrfach mit einem stumpfen, harten Gegenstand auf den Kopf geschlagen. Genaueres zur Todesursache muss Ihnen natürlich der Obduktionsbericht liefern, aber soweit ich die Situation hier sehe, ist die Sache ziemlich klar. Die Schläge waren die Todesursache."

„Und die Augen?", fragte Steen.

„Was ist mit den Augen?"

„Wer hat die geschlossen?"

„Tja ..."

„Wenn jemand was auf den Kopf kriegt, schließt das Opfer dann noch die Augen? Die meisten Mordopfer, die ich gesehen habe, haben das nicht geschafft."

„Also ich habe sie ihr jedenfalls nicht geschlossen", versicherte Dr. DeVries.

Steen warf Ulfert einen Blick zu. „Ja, ich natürlich auch nicht! Für wen hältst du mich?", fuhr Ulfert auf.

„Und ich auch nicht!", rief Altje Remels aus einem der Nachbarräume. Sie schien sich offenbar schon mal im Haus umzusehen.

„Das weiß ich doch, denn die Nachbarin hat ausgesagt, dass Kirsten Oltrogge aussah, als ob sie schliefe, als sie sie fand. Sie hatte die Augen geschlossen. Dann gibt es eigentlich nur eine Erklärung", sagte Steen.

„Du meinst, der Täter hat Frau Oltrogge die Augen geschlossen", stellte Ulfert fest.

„So ist es."

„Stand er ihr nahe? Ich meine, was könnte es sonst für einen Grund dafür geben?", fragte Ulfert.

Steen zuckte mit den Schultern. „Müssen wir herausfinden. Aber eins steht fest, der Gelegenheitseinbrecher, der vom Hausbewohner überrascht wird und dann zuschlägt, macht sowas nicht."Ulfert deutete jetzt auf die Waffe, die Frau Oltrogge immer noch mit ihrer Hand umklammert hielt. „Sie muss gewusst haben, dass vielleicht nicht ganz so freundlicher Besuch vor der Tür steht", sagte er. „Sonst hätte sie nicht die Pistole bei sich gehabt."

„Du hast dir das Ding noch nicht genauer angesehen?", fragte Steen.

„So schnell war ich nicht. Erstmal musste alles fotografisch dokumentiert und abgespurt werden."

„Okay."

Steen nahm der Toten die Pistole aus der Hand, was nicht so ganz einfach war, denn ihre Finger krampften sich immer noch um den Griff.

„Ein ziemlich altes Ding, würde ich sagen", meinte Steen. „Oder was sagt unser Experte?"

„Luger Parabellum", stellte Ulfert fest. „Produktionszeit 1893 bis 1945. Wurde 1908 als Standard-Pistole des deutschen Heeres unter der Bezeichnung Pistole 08 eingeführt."

„Prima, dass du dich mit so etwas so gut auskennst, Ulfert!"

„Die Luger war noch bis in die sechziger, siebziger Jahre recht häufig im Umlauf. Außerdem gab es ein südafrikanisches Lizenzprodukt. Also, wenn man sich jemals mit Cold Cases beschäftigt hat, dann trifft man immer wieder auf diese Waffe." Ulfert öffnete das Magazin und lud sie dann durch. „Die war geladen und vermutlich auch funktionsfähig."

„Gibt's denn dafür heute noch Munition?", fragte Steen.

Ulfert nahm eine der Patronen aus dem Magazin heraus und betrachtete sie genauer. „Die Erosion zerfrisst auch Patronen irgendwann. Die hier sind auf jeden Fall nicht mehr fabrikneu."

„Wo kann Frau Oltrogge so eine Waffe herbekommen haben?"

Ulfert zuckte die Achseln. „Die meisten dieser Dinger sind Erbstücke."

„Erbstücke?"

„Frau Oltrogge hatte vielleicht einen Großvater, der so eine Waffe besaß. Etliche davon sind in den Kriegswirren verschwunden und es wäre kein Einzelfall, dass so eine Waffe einfach im Familienbesitz geblieben ist."

„Müsste man eigentlich abgeben."

„Müsste, müsste, Steen. Man müsste vieles, aber das heißt nicht, dass es auch getan wird."

„Jo", sagte Steen, „deswegen gibt's ja überhaupt die Polizei."

„Du sagst es."

„Weiß ihr Mann schon Bescheid?”, mischte sich nun Dr. DeVries wieder ein.

„Wie denn?”

„Ich nehme an, Kapitän Oltrogge ist zurzeit auf See”, erklärte Dr. DeVries.

„Wir werden alles tun, um ihn zu erreichen”, versicherte Steen. „Aber je nachdem, wo auf den sieben Containerweltmeeren sich der gute Käpt'n jetzt herumtreibt, wird es danach dann ja wohl auch noch eine Weile dauern, bis wir ihn hier als Zeugen vernehmen können.”

„Wozu gibt es die moderne Technik, Steen.”

„Wie bitte?”

„Na ja, über einen Videostream oder sowas könnte man mit ihm sprechen - je nachdem, wo sich sein Schiff gerade befindet und wie da die Netzverbindung ist.”

„Du kümmerst dich drum, Ulfert?”

„Muss ich ja wohl.”

„Ich dachte, du kennst dich mit der technischen Seite aus.”

Ulfert hob die Augenbrauen. „Es geht nicht um die technische Seite, Steen.”

„Nicht?”

„Angehörigen zu sagen, dass jemand in der Familie ermordet wurde, gehört nun wirklich nicht zu den Dingen, die ich gerne mache.”

Steen nickte. Dafür hatte er Verständnis. „Routine wird das nie”, sagte er. „Egal, wie viele Dienstjahre du hast.”

„Ich geh dann mal jetzt”, meinte Dr. DeVries. „Ein paar lebende Patienten warten auf mich.”

Als DeVries gegangen war, wandte sich Steen nochmal an Ulfert. „Eigentlich tragen wir bei der Tatortarbeit Handschuhe.”

„Richtig. Und ich trage ja auch welche.”

„Aber der Doc nicht.”

„Ich hatte kein Paar mehr übrig.”

„Und der Doc hatte keine dabei? AIDS-Handschuhe nennt man die doch auch und notfalls hätte er die aus dem Erste-Hilfe-Kissen seines Wagens holen können."

„Daran habe ich nicht gedacht", seufzte Ulfert zerknirscht.

„Ich habe was gefunden", rief Altje Remels aus einem anderen Raum herüber.

„Dann sehe ich mir das mal an", murmelte Steen.

## Kapitel 16

Steen stieg über die Leiche hinweg und ging ins Wohnzimmer. Er fand Altje bei einem altmodisch wirkenden Sekretär.

„Hier ist ein Notizbuch", sagte Altje. „Da stehen Namen und Zahlen drin."

„Die Summen, die Frau Oltrogge eingesammelt hat?"

„Das könnte ich mir gut vorstellen", bestätigte Altje und reichte Steen das Buch. Altje trug ganz vorschriftsmäßig Handschuhe.

„Hatte die gute Frau keinen Computer?", fragte Steen.

„Ich habe keinen gefunden", erklärte Altje. „Und zwar im ganzen Haus nicht, soweit ich mich umsehen konnte. Und ich habe mich bereits ziemlich gründlich umgesehen."

Steen überflog die Seiten des Notizbuchs kurz. Die Namen klangen überwiegend so, als kämen ihre Träger aus der Gegend. Typisch ostfriesische Namen eben. Meistens war der Vorname nicht mit verzeichnet. Dafür standen in einigen Fällen die Telefonnummern dahinter. Das würde es leicht machen, die Betreffenden vollständig zu identifizieren.

„Offenbar hat Frau Oltrogge das Management der Digitalgeschäfte ihrer Tante vollkommen analog aufgezogen", bemerkte Steen.

„Ich habe noch was gefunden", sagte Altje.

Die Polizistin reichte Steen einen Zettel. Darauf stand eine Kombination aus Buchstaben und Zahlen.

„Sieht aus wie ein Autokennzeichen", stellte Steen fest.

„Aus Oldenburg."

„Wo war das?"

„An der Pinnwand in der Küche."

„Hastig geschrieben. Offenbar nicht gerade unter optimalen Bürobedingungen."

„Die Nummer muss irgendeine Bedeutung für sie gehabt haben, sie hing da sehr prominent."

„Hm", brummte Steen. „Manche Leute schreiben sich Fahrzeuge auf, die falsch parken oder im Straßenverkehr unangenehm auffallen."

„Wenn ich früher mit meinem Vater auf dem Trecker unterwegs war, dann stauten sich die Autos hinter uns. Die Mercedesfahrer mit eingebauter Vorfahrt haben dann immer ungeduldig gehupt, wenn man nicht gleich an die Seite gefahren ist. Und manche hatten einen Block neben dem Steuer, auf dem sie dann demonstrativ die Nummer aufschreiben konnten."

„Hat Frau Oltrogges Wagen auch so einen Block?"

„Muss ich noch nachsehen."

„Eine Halterabfrage ..."

„... habe ich schon in die Wege geleitet", warf Altje ein. Ihr Handy klingelte. Altje nahm das Gespräch entgegen. „Hier Polizeimeisterin Remels. Ja, was gibt's? Der Wagen ... Ja, soll ich die Nummer jetzt nochmal wiederholen? Ich hab ... doch ... Sie haben den Halter herausgefunden ... Aha ... Steen! Zettel!"

Steen hatte aber so schnell keinen Zettel zur Hand. Er nahm eine seiner Visitenkarten. „Hast du einen Stift, Altje?"

„Nee."

„Ulfert! Ein Stift!"

„Geht grad nicht. Hab die Hände voll!", rief Ulfert.

„Vielleicht auf dem Schreibtisch", sagte Altje.

Aber da war kein Stift. Zumindest konnten weder Steen noch Altje auf die Schnelle einen entdecken. Steen zog eine kleine Schublade auf. Büroklammern, sonst nichts. Er zog eine weitere auf. Und noch eine. Und dann fand er eine, deren Inhalt aus einem Dutzend sorgfältig angespitzter Bleistifte bestand.

Aber da war es bereits zu spät.

Altje Remels hatte das Gespräch beendet.

„Ich habe Name und Adresse per Nachricht aufs Handy bekommen, Steen", erklärte sie. „Ging auch schneller."

„Hier ist ein Stift!" Ulfert trat in den Raum und hielt seinem Kollegen einen Kugelschreiber hin.

„Wie lautete der Halter-Name?", fragte Steen und schüttelte an Ulfert gerichtet den Kopf.

„Martin Trave aus der Ginsterwegstraße 13 in Oldenburg", las Altje vor.

„Den kenn ich doch", entfuhr es Ulfert. Er wandte sich an Steen. „Macht gerade Urlaub am Großen Meer."

„Woher weißt du das denn?"

„Mein Gespräch mit dem Hafenmeister war sehr … sagen wir mal weitschweifig. Und davon abgesehen scheint er alle und jeden zu kennen. Auch Herrn Trave und seine an den Rollstuhl gefesselte Tochter, die zufällig gerade den Weg entlangkamen, als ich mit Gruisinga sprach."

Steen zeigte Ulfert den Zettel, auf dem die Autonummer notiert war. „Kannst du dir vorstellen, wieso Frau Oltrogge die Nummer von diesem Herrn Trave aufgeschrieben hat?"

Ulfert zuckte mit den Achseln. „Keine Ahnung. Vielleicht hat der ihre Einfahrt zugeparkt oder ihr die Vorfahrt genommen. Dafür gibt es viele mögliche Gründe."

„Dann sollten wir mal nachfragen."

„Ist denn sicher, dass es wirklich Frau Oltrogge war, die das aufgeschrieben hat?", fragte Ulfert.

„Wer denn sonst?", fragte Steen.

„Zum Beispiel Herr Oltrogge. Der Kapitän ist zwar nicht allzu oft zu Hause, aber das heißt ja nicht, dass er nicht in den Zeiten, in denen er in Ostfriesland ist, dazu neigt, Nummernschilder aufzuschreiben - aus welchen Gründen auch immer."

„Kapitäne sind ja meistens ziemlich ordnungsliebend, denke ich", warf nun Altje ein. „Sonst würde es ja auf dem

Schiff auch drunter und drüber gehen, wie ich mir vorstellen könnte."

„Wie schön, dass ich so viele ausgebildete Psychologen im Team habe", spottete Steen. „Aber die Handschrift ist mit der identisch, in der auch die Einträge in Frau Oltrogges Notizbuch gemacht wurden. Dazu braucht man nicht einmal ein grafologisches Gutachten, würde ich mal ganz frech behaupten. Zwei gute Augen reichen dazu völlig aus!"

## Kapitel 17

Altje und Purwin blieben am Tatort. Die Leiche wurde abgeholt. Steen telefonierte mit der Zweigstelle des LKA in Oldenburg und bekam erstens eine Obduktion der Leiche in Aussicht gestellt und zweitens erfuhr er, dass mit dem Obduktionsbericht von Bernhardine Geiken am Nachmittag zu rechnen sei. Der Fall sei priorisiert worden.

*Warum auch immer!,* ging es Steen durch den Kopf, nachdem er das Gespräch beendet hatte. Er dachte nicht daran, sein Glück in diesem Fall zu hinterfragen.

Dann fuhr Steen zusammen mit Ulfert zum Campingplatz am Großen Meer.

Auf dem Parkplatz stellten sie den Dienstwagen ab, stiegen aus und steuerten auf die Campingplatzverwaltung zu.

„Moin. Ich bin der Jürgen und kümmere mich hier um alles", begrüßte sie der Mann in dem gläsernen Verwaltungshäuschen.

„Steen, Kripo Emden", stellte Steen sich vor und hielt ihm seinen Ausweis entgegen. „Dies ist mein Kollege Herr Jansen."

„Ihr könnt aber ruhig Jürgen sagen."

„Ja, und ich bin Herr Steen", erklärte der Kommissar. „Und wir möchten gerne zur Familie Trave."

„Das ist der Platz Nummer 123. Kann man sich gut merken, was?"

„Ja."

„Ist ein Dauerplatz."

„So, so."

„Die sind zurzeit auch da, wie ich gerade gesehen habe. Ich hab nämlich auf dem Nachbargrund den Rasen gemäht. Der arme Mann … mit der Gesundheit und so."

„Sie meinen die kranke Tochter", mischte sich Ulfert ein.

„Nee, ich meine ihn. Ihm geht es ja auch nicht gut. Aber der hat auch was mitmachen müssen. Ich meine, das mit der Tochter ist ja eine Sache. Wenn sich eine junge Frau einfach aus dem Fenster stürzt, um sich umzubringen und dann als Schwerbehinderte nach einiger Zeit im Koma wieder aufwacht … Heijeijei … Das möchte man nicht erleben."

„Das ist sicher nicht leicht", bestätigte Steen.

„Die Familie kommt schon hierher, seit …" Jürgen machte eine kurze Pause und seufzte, „die Tochter klein war und Frau Trave noch mitgekommen ist."

„Was ist denn mit Frau Trave?", fragte Steen. „Warum kommt die nicht mehr mit?"

„Ist bei einem Verkehrsunfall ums Leben gekommen, soweit ich weiß. Da war die kleine Melanie vielleicht so zwölf. Tja, und Herr Trave war dann alleinerziehender Vater, wie man so sagt. Die hatten ein großes Boot hier liegen. Einen Jollenkreuzer. War eigentlich ein bisschen groß für das Große Meer, aber ein schönes Schiff. Fiel immer ein bisschen auf. Die Melanie ist auch eine gute Seglerin gewesen und hat sogar an Jugendregatten teilgenommen. Na ja, nachdem sie aus dem Fenster gesprungen war und im Rollstuhl saß, war damit natürlich nichts mehr. Aber sie kommen immer noch her. Jedes Jahr für mehrere Wochen."

„Warum hat sich denn die Tochter umbringen wollen?", fragte Steen. „Wissen Sie das zufällig?"

Jürgen zuckte mit den Schultern. „Keine Ahnung. Die hatte gerade mit dem Studium angefangen. Ich glaube, Ärztin wollte die werden. Oder Tierärztin? Also irgendwas mit Arzt. Oder verwechsle ich das jetzt und das war eine Heilpraktikerausbildung. Ist auch egal. Wenn man viel Stress hat oder Liebeskummer oder einfach nur eine Depression, dann springt schon mal der eine oder andere irgendwo hin. Aber ich sag immer, wenn schon Selbstmord, dann mit Pistole oder mit einem guten Gift. Und wenn man springt, dann vom Hochhaus. Von einem richtigen Hochhaus meine ich, nicht einfach nur vier oder fünf Stockwerke. Denn sonst ist es so wie mit der Melanie Trave: Man will sich umbringen und ist am Ende zu behindert, um das noch zu Ende führen zu können. Klingt jetzt vielleicht hart, aber so ist es doch, oder siehst du das anders, Herr Steen?"

„Nein."

„Man hört ja jetzt auch viel von diesem Mobbing und Burnout. Vielleicht steckte ja sowas dahinter. Aber ich wollte den Herrn Trave - also den Martin, wie ich sage - jetzt auch nicht unnötig ausfragen."

„Verstehe", sagte Steen.

„Das wäre so … neugierig."

„Nee, das will man ja nicht", bestätigte Steen.

„Eben! Du sagst es! Du sagst genau das, was ich meine."

„Wir gucken dann mal, was die Traves so machen", versuchte Steen, das Gespräch zu beenden.

„Ja, das tut mal. Und wenn ihr Hunger auf eine Bockwurst habt, dann geht zum Kiosk. Da gibt es jetzt neuerdings auch Bockwurst. Hatte ich das schon erzählt?"

„Ich glaub nicht", verabschiedete sich der Kripobeamte.

„Na, dann wisst ihr jetzt Bescheid, oder?"

## Kapitel 18

Steen und Ulfert begaben sich zum Platz mit der Nummer 123. Ein gut gepflegter großer Wohnwagen war dort aufgestellt. Das dazugehörige Vorzelt hatte enorme Ausmaße und einen befestigten Boden. Der Rasen war gut gepflegt, es gab gepflasterte Wege.

Martin Trave war damit beschäftigt, die Rosen zu schneiden, die den hinteren Teil des Grundstücks - den Grillplatz - umrankten.

„Guten Tag", grüßte er freundlich.

„Moin", gab Steen zurück.

„Möchten Sie etwas von mir?"

„Der Jürgen von der Campingplatzverwaltung hat uns gesagt, dass wir Sie hier finden, Herr Trave."

„Ja, der Jürgen ..."

„Mein Name ist Steen, Kriminalhauptkommissar von der Kripo Emden. Dies ist mein Kollege Jansen. Wir ermitteln in zwei Mordfällen, die sich hier in der Gegend ereignet haben. Vielleicht haben Sie davon gehört. Die Zeitung aus Emden bekommt man ja auch hier am Kiosk."

„Ich habe von *einem* Mord gehört", sagte Martin Trave. „Aber was habe ich damit zu tun?"

„Wahrscheinlich gar nichts", antwortete Steen sachlich.

„Und wieso kommen Sie dann zu mir?"

„Frau Kirsten Oltrogge, eines der Mordopfer, das erst vor ein paar Stunden gefunden wurde, hat sich offenbar Ihr Autokennzeichen notiert. Und wir wüssten gerne warum."

„Ach so", murmelte Trave. „Na ja, ich will nicht behaupten, dass ich immer der Rücksichtsvollste im Straßenverkehr bin. Aber im Großen und Ganzen halte ich mich schon an die Regeln."

„Hat Frau Oltrogge irgendwann mal Kontakt mit Ihnen aufgenommen?", fragte Steen.

In diesem Augenblick kam ein dicker Mann hinter dem Nachbarwohnwagen hervor. „Moin", rief er.

„Moin, Aiko", grüßte Martin Trave zurück.

„Ist was los?"

„Nein, nichts ist los."

„Schönes Wetter heute."

„Geht so."

„Ja, ich muss dann mal."

Martin Trave wandte sich wieder an Steen. „Wenn Sie einen Moment ins Zelt kommen wollen. Sie können auch einen Kaffee bekommen."

„Gern", nahm Steen die Einladung an.

„Hat der Jürgen die Garage offen?", fragte jetzt der dicke Mann namens Aiko. Für Auswärtige klingt Aiko vielleicht wie der passende Name für einen Jagdhund. Aber in Ostfriesland ist das ein altehrwürdiger Männername - wenn auch vielleicht etwas aus der Mode gekommen.

„Wieso?", fragte Trave.

„Ich wollte die Heckenschere ausleihen. Die ganz große, die der Jürgen immer nimmt."

„Ich glaube, die Garage ist zurzeit offen."

„Gut."

Aiko schien zu neugierig zu sein, um sich jetzt einfach davonzutrollen und tatsächlich nach der Heckenschere in Jürgens Garage zu suchen. Er unterzog Steen und Ulfert einer eingehenden Musterung. Irgendwie vermittelte er unterschwellig die Auffassung, dass es ihm zustand, darüber informiert zu werden, mit wem sein Parzellennachbar es im Moment zu tun hatte.

Steen war nicht ganz klar, ob Aiko zuvor mitbekommen hatte, dass er und Ulfert von der Kripo waren. Aber der Kriminalkommissar war nicht geneigt, Aiko darüber aufzuklären. Wenn Martin Trave das nicht tat, würde es früher oder später ganz sicher der Jürgen von der Verwaltung tun. Darauf wäre Steen jede Wette eingegangen.

Schließlich machte sich Aiko doch noch auf den Weg, um sich die Heckenschere zu besorgen.

Steen und Ulfert folgten Martin Trave ins Vorzelt, dessen Inneres fast so aussah, als befände man sich in einem Wohnzimmer.

„Nehmen Sie Platz", lud Trave die beiden Kripobeamten ein und deutete auf die Sitzecke. Ulferts Blick blieb an dem leeren Rollstuhl haften. „Meine Tochter schläft. Sie ist schnell erschöpft."

„Haben Sie die Rampe selbst gebaut?", fragte Ulfert und deutete auf die geschlossene Eingangstür des Wohnwagens.

„Nein, die Tür habe ich von Profis verbreitern lassen. Und auch die Rampe haben die eingebaut. Hat ein halbes Vermögen gekostet, aber das war es mir wert."

Steen setzte sich - Ulfert folgte wenig später seinem Beispiel.

„Sie müssen schon entschuldigen, mein Nachbar ist ganz schön neugierig", sagte Trave. „Der befürchtet wahrscheinlich, dass ich meinen Wohnwagen an Sie verkaufe und er einen neuen Nachbarn bekommt - und als Letzter davon erfährt."

„Ja, so etwas in der Art hatte ich mir schon gedacht", gab Steen schmunzelnd zurück.

„Sie kennen auch den Herrn Gruisinga, nicht wahr?", warf Ulfert jetzt ein. „Wir haben uns gestern kurz gesehen … da beim Töpferladen!"

„Ja, ich erinnere mich. Das war kurz bevor es anfing zu regnen", bestätigte Trave.

„Genau", nickte Ulfert.

Auf dem Tisch stand eine Reihe von Medikamenten. Steen ließ kurz den Blick darüberstreifen.

„Ja, man wird als Vater einer behinderten Tochter bald selbst zum Pfleger, Arzt und Pharmakologen in einer Person", sagte Trave. „Stören Sie sich nicht daran, dass es hier aussieht wie in einer unaufgeräumten Apotheke. Ich bin noch nicht dazu gekommen, das ganze Zeug wegzutun."

„Ist schon in Ordnung", wiegelte Steen ab.

Trave wandte sich an Ulfert. „Sie waren ja gestern schon hier, auf dieser Seite des Großen Meeres …"

„Ja."

„Ich frage mich wieso? Hatte das auch schon mit Ihren Ermittlungen zu tun?"

„Es ging um die Ankerkette, mit der Frau Bernhardine Geiken im Knockster Tief versenkt wurde", sagte Ulfert. „Diese Ankerkette muss ja irgendwo herkommen. Und da auf dieser Seite die Bootsliegeplätze sind, habe ich mich umgehört und mich mit Herrn Gruisinga unterhalten."

„Ja, der ist ja der Hafenmeister hier."

„Genau."

„Die Leute reden zurzeit von nichts anderem hier auf dem Platz", sagte Trave.

„Zwei Morde in relativ kurzem zeitlichen Abstand - das ist in dieser beschaulichen Gegend durchaus nicht alltäglich", konstatierte Steen.

„Zum Glück, würde ich sagen", gab Trave zurück. „Oder sehen Sie das anders?"

„Nein, keineswegs."

„Nun, ich will Sie ja gerne bei Ihren Ermittlungen unterstützen und wenn ich von jemandem erfahren sollte, dass ihm eine Ankerkette geklaut wurde, melde ich mich auch gerne bei Ihnen. Aber ehrlich gesagt weiß ich noch immer nicht, weshalb ich jetzt wegen diesen Morden verhört werde."

„Sie werden nicht verhört", versicherte Steen.

„Und wie würden Sie so etwas nennen?", fragte Trave. Aus irgendeinem Grund wirkte er gereizt. Er blickte auf seine Uhr. „In einer Viertelstunde muss ich meine Tochter wecken und dafür sorgen, dass sie ihre Medikamente nimmt, sonst kann das böse Folgen haben. Sie ist nämlich vom Hals abwärts gelähmt, was bedeutet, dass sie extreme Schwierigkeiten mit dem Atmen hat, wenn sich auch nur ein bisschen Schleim in den Bronchien bildet."

„Wir wollen Sie keineswegs länger aufhalten als unbedingt nötig", erklärte Steen. „Wie wir schon erwähnten, es geht im Wesentlichen darum, dass wir in Frau Oltrogges Küche eine Notiz an der Pinnwand gefunden haben, die aus nichts anderem als Ihrer Autonummer besteht. Und da ich nicht glaube, dass das ein Zufall ist …"

„Es muss ein Zufall sein", insistierte Trave. Er hob die Augenbrauen und zwang sich zu einem Lächeln. Aber dieses Lächeln wirkte ziemlich gequält.

„Das bedeutet, Sie sind Frau Oltrogge nie begegnet?", vergewisserte sich Steen.

„Jedenfalls nicht, dass es mir bewusst wäre."

Ulfert nahm sein Smartphone und sorgte mit ein paar Wischbewegungen dafür, dass auf dem Display ein Foto zu sehen war, das Kirsten Oltrogge zeigte. Ein Tatortfoto selbstverständlich.

„Sehen Sie genau hin, Herr Trave", sagte Ulfert.

„Damit auch wirklich jeder Irrtum in dieser Hinsicht ausgeschlossen ist", fügte Steen hinzu. „Kennen Sie diese Frau? Sind Sie ihr irgendwann mal begegnet?"

„Nein", murmelte Trave.

„Sie wohnte in der Nähe der schiefen Kirche von Suurhusen. Kennen Sie die?"

„Ist mir jetzt nicht bewusst."

„Wenn Sie von hier aus Richtung Emden fahren, können Sie diese Kirche eigentlich nicht übersehen", sagte Steen.

„Der Turm ist so schief, dass man denkt, er fällt jeden Moment um."

„Ach, ich glaube, ich weiß, was Sie meinen."

„Das ist Suurhusen. Waren Sie je dort? Haben Sie Ihren Wagen vielleicht mal in der Nähe geparkt? Vielleicht auch irgendwo, wo man eigentlich nicht parken sollte oder Ihr Fahrzeug eine Verkehrsbehinderung darstellte?"

„Nicht, dass mir das bewusst wäre. Sehen Sie, meine Tochter ist seit einem Fenstersturz schwerbehindert."

„Wir haben davon gehört", bestätigte Steen.

„Was man dem Jürgen erzählt, kann man im Grunde wohl auch dem Radio sagen", warf Trave resigniert ein.

„Ja, das schätze ich auch so ein."

„Aber er ist ein netter Kerl. Die gute Seele des Campingplatzes."

„Glaube ich gerne."

„Wie ich schon sagte: Meine Tochter ist schwerbehindert. Wenn wir hier sind, dann schaffe ich es ab und zu, nach Emden zu fahren. Aber dann auch wirklich nur in die City. Was soll ich in Suurhusen? Ich mache die nötigsten Besorgungen, sorge dafür, dass der Vorrat an Medikamenten immer vorhanden ist. Und ab und zu, wenn es Komplikationen mit Melanie gibt, fahre ich mit ihr zum Krankenhaus. Noch gibt es die Klinik ja. Wie Sie vielleicht gehört haben, ist es im Gespräch, sie zu schließen."

„Ja, davon habe ich gehört", antwortete Steen. Genau genommen war das das kommunalpolitische Streitthema der letzten Zeit gewesen, und es gab wohl keinen einzigen Emder - und nur wenige Ostfriesen -, die davon nichts mitbekommen hatten.

„Wenn die Klinik tatsächlich geschlossen werden sollte, dann weiß ich nicht, ob wir überhaupt noch herkommen können", sagte Trave. „Die Lähmungen von Melanie können jederzeit auch zu einem Atemstillstand und

Organversagen führen. Wenn dann der Weg in die nächste Klinik zu weit ist, ist es zu Ende mit ihr. Das will ich nicht riskieren."

„Kann ich voll und ganz verstehen", sagte Steen.

„Aber vielleicht siegt in dieser Sache ja noch das Gute", ergänzte Ulfert Jansen.

„Ich weiß nicht, was ich sonst tun würde", äußerte Trave und Steen war sich nicht ganz sicher, wie der Mann das meinte. Trave wirkte abwesend, schien ins Nichts zu blicken. Seine grauen Augen wirkten trotzdem unruhig.

„Na ja, es wird ja sicher noch irgendeinen Campingplatz geben, der in der Nähe einer Klinik ist", meinte Ulfert dann, weil er wohl die entstandene unbehagliche Stille schlecht aushalten konnte.

„Melanie hat hier am Großen Meer die schönste Zeit ihres Lebens verbracht und ich würde ihr das gerne so lang wie möglich erhalten", murmelte Trave. „Dass das irgendwann nicht mehr gehen wird, ist mir auch klar. Aber diesen Zeitpunkt würde ich gerne hinauszögern, soweit das möglich ist."

„Sie hatten auch ein Boot", stellte Steen fest.

„Ich habe es immer noch", korrigierte Trave. „Obwohl ich mich manchmal frage, wozu eigentlich noch … Aber dann sage ich mir, so groß die Schwierigkeiten auch sein mögen, man sollte immer versuchen, einen Weg zu finden und nicht so schnell aufgeben." Er lächelte matt. „Wahrscheinlich verstehen Sie gar nicht wirklich, wovon ich rede", fuhr er dann fort. „Das macht auch nichts."

Aus dem Inneren des Wohnwagens war jetzt ein stöhnender Laut zu hören.

Das setzte Trave sogleich in Bewegung. „Sie entschuldigen mich jetzt."

„Natürlich", sagte Steen.

„Und Sie kommen wirklich allein zurecht?”, fragte Ulfert. „Ich meine …”

Die Mischung aus Schreikrampf und Röcheln, die jetzt aus dem Wohnwagen herausklang, ließ Ulfert offenbar daran zweifeln.

Aber Trave blieb vollkommen gelassen.

„Das ist immer so”, meinte er. „Ich kann froh sein, dass sich die Platznachbarn nicht beschweren und einigermaßen tolerant sind. Na ja, ich beschwer mich ja auch nicht, wenn der fröhliche Umtrunk mal ein bisschen länger dauert und der eine oder andere Campingkollege unbedingt glaubt, dass er irgendwelche Schlager laut mitgrölen muss.”

„Wir gehen dann”, verabschiedete sich Steen. „Auf Wiedersehen.”

## Kapitel 19

„Hast du die Medikamente gesehen, Steen?", fragte Ulfert.

„Ja, das arme Mädchen. Muss ganz schön was schlucken - und das in mehrfacher Hinsicht."

„Ich meinte nicht die Medikamente der Tochter", erklärte Ulfert.

„Wie?"

Steen verstand nicht, worauf Ulfert hinauswollte. Und Ulfert schien es für einen Moment zu genießen, die Verblüffung in Steens Gesicht so deutlich sehen zu können. Solche Momente waren nämlich ziemlich rar.

„Auf dem Tisch waren ein paar Medikamente dabei, die bei Krebsbehandlungen zum Einsatz kommen."

„Könnten die nicht auch für die Tochter gewesen sein?"

„Das könnten sie schon. Aber mal ehrlich, Steen: Das wäre doch wohl ein bisschen Unglück zu viel, für eine einzige Person, oder?"

„Leider schützt es niemanden vor einer Katastrophe, wenn dem Betreffenden schon eine andere Katastrophe widerfahren ist, Ulfert!"

„Es ist extrem unwahrscheinlich. Und davon abgesehen darf mindestens eines dieser Medikamente nicht gegeben werden, wenn die betreffende Person Probleme mit den Atemwegen hat. Und das ist bei Melanie Trave definitiv der Fall."

„Also sind sie für den Vater."

„Sowas nennt man Logik."

Steen atmete tief durch. „Eins zu null für dich, Ulfert", gestand er dem Jüngeren zu. „Aber sag mal, wieso kennst du dich so verflucht gut mit diesen Dingen aus?"

Ulfert lächelte triumphierend. Fast so, als hätte er darauf gewartet, dass Steen darauf zu sprechen kam. „Grundkurs Pharmakologie beim BKA in Berlin. Da lernt man so etwas.

Und es ist sehr nützlich, nicht nur, wenn man die eigene Hausapotheke in Ordnung halten will."

„Ja, das merke ich gerade. Scheint ja so, als hättest du in deiner Zeit in Berlin doch auch was Nützliches gelernt."

„Was soll das denn nun heißen?", gab Ulfert mit einem unübersehbaren Stirnrunzeln zurück.

„Ach, nimm nicht alles so bierernst, Ulfert!"

„Wieso?"

„Ich will deine Kombinationsgabe und das, was du Logik nennst, ja nicht kleinreden, Ulfert …"

„Tust du aber gerade."

„... aber eigentlich war das ja eben nur eine Art Denksport."

„Wie bitte?"

„Jedenfalls gibt es keinen Grund, sich mit dem Gesundheitszustand der beiden Traves zu befassen, oder siehst du da im Moment einen dringenden Anlass für uns?"

„Nein, natürlich nicht."

„Genau das meine ich!"

„Wir tappen nach wie vor im Dunkeln, Steen. Bis jetzt haben wir nur einen dürftigen Ermittlungsansatz - die Pokerleidenschaft von Frau Geiken. Das ist ja wohl keine dieser dringend benötigten heißen Spuren!"

„Immerhin ist das die Verbindung zu Frau Oltrogge", gab Steen zu bedenken.

„Mal von der Tatsache abgesehen, dass sie miteinander verwandt sind", gab Ulfert zurück.

„Aber bevor wir uns jetzt hier weiter in eine Sackgasse verrennen und du mir noch einen Nachhilfekurs in Pharmakologie gibst, sollten wir vielleicht noch ein paar naheliegende Dinge erledigen."

„Und das wäre zum Beispiel?", fragte Ulfert.

„Mir geht immer noch die Ankerkette nicht aus dem Kopf."

„Die Wahrscheinlichkeit, dass wir deren Besitzer ermitteln können, ist sehr gering."

„Aber es ist nicht ausgeschlossen. Und wir sollten da nichts unversucht lassen."

„Wir können diesen Jürgen doch mal darauf ansetzen", schlug Ulfert vor. „Der hört hier doch das Gras wachsen. Vielleicht schnappt er ja auch irgendetwas darüber auf."

„Genau das hatte ich vor", sagte Steen.

## Kapitel 20

Sie fanden Jürgen nicht in seinem Bürohäuschen. Stattdessen war er in der Garage, zusammen mit Traves Nachbar Aiko, der eine Heckenschere in der Linken hielt.

„Na, habt ihr den Herrn Trave gefunden?", fragte Jürgen.

„Haben wir."

„Ich habe gerade gehört, dass Sie von der Polizei sind", mischte sich der neugierige Aiko ein. „Davon wusste ich ja gar nichts."

„Hätte es für Sie denn was geändert?", fragte Steen.

„Ja, was weiß ich!"

Steen wandte sich an Jürgen. Aber natürlich war ihm klar, dass Aiko ihm mindestens genauso aufmerksam zuhören würde. Und das war durchaus in seinem Sinn. „Wir versuchen, die Herkunft der Ankerkette, mit der Frau Geiken drüben im Knockster Tief versenkt worden ist, zu klären", erläuterte Steen.

„Ankerkette … jau, die sind schwer", sagte Jürgen mit wissendem Blick. „Sehr schwer. Aus Metall eben!"

„Sehen Sie mal hier." Ulfert hielt Jürgen sein Handy vor die Nase, auf dessen Display ein Bild der Kette zu sehen war. „So sieht die aus."

„Ja, ich bin ja nun kein Ankerkettenspezialist", wich Jürgen aus.

„Wenn Ihnen einfällt, bei wem Sie die gesehen haben, dann sagen Sie uns bitte Bescheid", forderte Steen ihn auf.

„Kann ich auch mal sehen?", fragte Aiko.

„Natürlich." Ulfert hielt ihm das Handy hin.

„Können Sie mir das Bild zuschicken, dann kann ich mich umhören", meinte Aiko.

Ulfert nickte. „Sicher, wenn ich Ihre Nummer bekomme, Herr …"

„Aiko. Sagen Sie einfach Aiko."

„Aber wie ist Ihr Nachname?", meinte Steen in einem Tonfall, der deutlich machte, dass dies jetzt ein dienstlicher Vorgang war.

Er schob sich die Prinz-Heinrich-Mütze ein Stück zurück. Sein Blick war genauso ernst wie der Klang seiner Stimme.

Und das wirkte. Aikos bis dahin recht schlaff wirkende Körperhaltung straffte sich. „Aiko van Haye. Aus Aurich", sagte er.

„Steen. Kripo Emden", sagte der Kommissar und gab Aiko van Haye seine Karte.

Anschließend nannte van Haye Ulfert seine Handynummer. Der Camper zog sein Smartphone aus der Tasche - das neueste Modell mit allen Schikanen. Anscheinend konnte er es gar nicht abwarten, das Foto auf dem eigenen Display zu sehen, so als würde es dort einen anderen Eindruck machen als auf dem Gerät von Ulfert.

„Sie hören von mir", versprach Aiko. „Ganz bestimmt!"

*Bei dem klingt das fast wie eine Drohung!*, ging es Steen durch den Kopf. Aber vielleicht half ihnen Aiko van Haye ja tatsächlich weiter.

## Kapitel 21

„Ein komischer Typ, dieser Aiko van Haye", kommentierte Ulfert, nachdem sie wieder im Dienstwagen saßen. Steen fuhr, er schien in Gedanken versunken zu sein und Ulferts Worte gar nicht bewusst zu registrieren. „Hörst du mir eigentlich zu, Steen?"

„Wenn wir gleich nach Emden abbiegen, dann kann man links ein Krabbenbrötchen kaufen."

„Heißt das, du hast Hunger?"

„Das heißt, ich habe Hunger", bestätigte Steen. „Du nicht?"

„Doch, mir knurrt inzwischen auch der Magen."

„Ich habe das Gefühl, dass wir noch nicht auf der richtigen Spur sind, Ulfert. Da passen ein paar Dinge einfach noch nicht zusammen."

„Was mich nach wie vor wundert, ist, dass diese alte Dame so versiert mit dem Computer war", meinte Ulfert.

„Du meinst Bernhardine Geiken?" Steen hob die Augenbrauen, während er das sagte. Sie passierten gerade eine schmale Brücke, die über einen Graben führte.

„Genau die", bestätigte Ulfert.

„Du hast anscheinend Vorurteile gegenüber Senioren."

„Nein, ich habe nur gesagt, dass mich das wundert", erwiderte Ulfert. „Die Nichte, diese Kirsten Oltrogge, ist um einiges jünger und war offenbar keine Freundin von Computern. Jedenfalls haben wir ja bei ihr keinen gefunden und was ihre Geldsammelei für die Zockerei von Frau Geiken angeht, lief die ja wohl auf die ganz konventionelle, analoge Weise ab."

„Mit einem Notizbuch. Manchmal ist das auch schlicht und ergreifend das Sicherste", meinte Steen. „Zumindest, wenn man etwas wirklich geheim halten will. Angeblich soll bei den Geheimdiensten und Staatsmännern der persönliche

Kurier gerade wieder schwer in Mode kommen, weil er nämlich paradoxerweise viel schwerer abzufangen ist als eine Nachricht."

„Das ist wahr", gab Ulfert zu.

„Wir fahren jetzt zu unserer Dienststelle. Die Lösung des Falles muss auf der Festplatte dieses Rechners zu finden sein", war Steen überzeugt. „Und es wäre nett, wenn du mir bei der Durchsicht der Daten etwas behilflich wärst."

„Kein Problem."

„Altje kriege ich ohnehin nicht dazu, vor dem Rechner so lange still zu sitzen."

„Und Ihno Purwin ist schon alles fast ganz egal, angesichts der Tatsache, dass er kurz vor Erreichen seines Pensionsalters steht."

„Wer weiß, wie wir dann drauf sind", meinte Steen. „Bei dir dauert es ja noch einige Jährchen länger als bei mir, aber ich wette mal, da wird es nicht allzu große Unterschiede zu dem geben, was wir zurzeit mit Ihno erleben."

Sie schwiegen eine Weile.

Steen fuhr zu dem Fischladen, in dem er sich ein Krabbenbrötchen holte. Ulfert hatte keinen Appetit mehr, aber Steen ließ sich dadurch nicht stören. Auf der weiteren Fahrt nach Emden saß Ulfert am Steuer und sein Kollege genoss sein Krabbenbrötchen.

Sein Smartphone klingelte - gerade in dem Moment, als er einen großen Bissen genommen hatte.

„Willst du nicht rangehen?", fragte Ulfert.

Steen murmelte mit vollem Mund etwas Unverständliches. Etwas, das wie „Hände voll" oder „Mund voll" klang und sich vielleicht auf beides bezog.

Steen hielt schließlich den Rest des Krabbenbrötchens in einer Hand und schaffte es tatsächlich, das Handy doch noch rechtzeitig aus der Jackentasche zu ziehen. Erstaunlicherweise klingelte es immer noch.

*Offenbar ein wichtiger Anruf*, dachte Steen.

Ein Blick auf das Display bestätigte das.

Oldenburg! Die Außenstelle des Landeskriminalamtes! Das konnte nur bedeuten, dass es wichtige Neuigkeiten gab, entweder in Bezug auf die Ergebnisse der erkennungsdienstlichen Untersuchungen im Haus von Bernhardine Geiken oder was die gerichtsmedizinischen Erkenntnisse betraf.

Steen stieß mit vollem Mund einen unartikulierten Laut aus.

„Du hast den Mund voll, aber wenn ich jetzt das Gespräch annehme, verstoße ich gegen die Straßenverkehrsordnung", meinte Ulfert. „Schalte auf laut!"

Bei dem Versuch, einhändig auf laut zu schalten, ohne dabei das Krabbenbrötchen fallen zu lassen, rutschte ihm stattdessen das Gerät aus der Hand und landete irgendwo im Fußbereich.

Steen grunzte erneut.

Diesmal ohne irgendeine kommunikative Absicht. Es war einfach ein Ausdruck der Wut und des Ärgers. Manchmal ging eben alles daneben.

Zweimal klingelte das Gerät noch, nachdem es zu Boden gefallen war und Steen versuchte, mit der freien Hand danach zu fischen.

Dann war es still.

## Kapitel 22

Steen rief beim LKA in Oldenburg zurück, nachdem er sich in seinem Büro auf der Dienstelle in Emden befand. Ulfert war unterdessen damit beschäftigt, den Rechner von Bernhardine Geiken hochzufahren. Schließlich wollten sie sich ja daranmachen, den Datenwust auf ihrer Festplatte systematisch nach Anhaltspunkten zu durchforsten, die vielleicht einen weiteren Aufschluss über die Umstände ihrer Ermordung zuließen.

„Sie haben versucht, mich anzurufen", sagte Steen zu der Sachbearbeiterin am anderen Ende der Leitung. „Leider war ich für einen Moment ... nicht erreichbar."

„Herr Steen, es gibt mehrere neue Erkenntnisse, über die ich Sie telefonisch kurz informieren wollte, bevor die entsprechenden Berichte an Sie rausgehen. Ich dachte, das ist vielleicht auch in Ihrem Sinn."

„Ja, natürlich. Worum geht es?" Steen schaltete das Telefon auf laut, damit Ulfert mithören konnte.

„Also, erstens starb Frau Bernhardine Geiken letztlich an einem Blutgerinnsel in ihrem Gehirn. Dieses Blutgerinnsel muss schon vor dem Schlag gegen den Kopf vorhanden gewesen sein. Durch den Schlag wurde ein Pfropfen in Bewegung gesetzt."

„Heißt das, der Schlag wäre unter anderen Umständen nicht tödlich gewesen?"

„Das ist schwer zu sagen. Aber auf diese Weise war es zumindest möglich, dass ein Schlag, der äußerlich zu kaum sichtbaren Verletzungen geführt hat, letztendlich tödlich war."

„Ein einziger Schlag?", vergewisserte sich Steen.

„Davon geht der Kollege, der die Obduktion durchführte aus - ja! Es gibt weitere Hämatome, die vermutlich durch den anschließenden Sturz verursacht wurden. Wenn Sie noch mit Dr. Horn persönlich sprechen wollen …"

„Im Moment nicht unbedingt. Aber wenn sich noch Fragen ergeben, werde ich das vielleicht nachholen."

„Ganz wie Sie wollen", gab die Sachbearbeiterin zur Antwort.

„Die andere Sache, derentwegen ich Sie anrufe, betrifft die bisher durchgeführten erkennungsdienstlichen Untersuchungen. In Frau Geikens Haus fanden sich außer ihren eigenen Fingerabdrücken und den Abdrücken von Frau Kirsten Oltrogge noch welche von mindestens fünf weiteren Personen, die wir bislang nicht identifizieren konnten."

„Freunde, Verwandte, Bekannte …"

„... oder der Täter."

„Ich habe schon eine Idee, von wem ich noch alles Abdrücke nehmen würde, damit man bei Ihnen mehr Vergleichsmaterial hat", meinte Steen nachdenklich.

„Dann wäre es unter Umständen möglich, die fehlenden Personen noch zu identifizieren", erwiderte die Sachbearbeiterin so ernst und roboterhaft, wie es nun mal ihrer Art entsprach. Steen hatte sie nie gesehen, war ihr nie persönlich begegnet und hatte sich bislang auch nicht die Mühe gemacht, sich ihren Namen zu merken. Aber an ihrer Art und Weise zu sprechen, hätte er sie unter Tausenden anderen Stimmen mühelos erkannt.

„Darf ich Ihren Worten entnehmen, dass das Haus von Frau Geiken auch der Tatort gewesen ist?", vergewisserte sich Steen nun.

„Ja, das steht nun fest. Es bestand ja von Anfang an die Vermutung, aber die am Tatort gesicherten Spuren legen diesen Schluss nahe. Sie können die Einzelheiten im Bericht nachlesen."

„Ich bin für Zusammenfassungen immer dankbar, das wissen Sie."

„Die haben Sie nun erhalten."

„Das heißt, Frau Geiken bekam den Schlag, von dem schon die Rede war, stürzte auf den Tisch und blieb dort liegen. Es gibt Hämatome, die zu den Tischkanten passen. Dann wurde die Leiche vom Täter mitgenommen. Später kam Frau Oltrogge und hat den Tisch wieder richtig hingestellt."

„So weitreichende Schlussfolgerungen sind Ihnen vorbehalten, Herr Steen. Aber Sie haben insofern recht, als tatsächlich Fingerabdrücke von Frau Oltrogge auf der Glasplatte des Tisches gefunden wurden. Der Grad der Übereinstimmung erfüllt die für eine eindeutige Identifikation notwendige Anzahl von Merkmalen."

„Na, dann hätten wir ja zumindest schon mal etwas", murmelte Steen. Genauer gesagt hatte er nun eine Bestätigung für etwas, was ihm schon länger klar war. Aber immerhin ließ sich das nun wenigstens auch beweisen. Steen nahm das als ein positives Zeichen.

Noch gab es davon ja nicht allzu viele bei dieser Ermittlung.

Aber Steen hatte in den vielen Jahren seiner Tätigkeit bei der Emder Kriminalpolizei gelernt, wie wichtig positives Denken sein konnte. Man durfte nie aufgeben. Selbst wenn die Suche nach dem Mörder vielleicht Jahre dauern würde. In diesem Fall sah er sich allerdings schon aus dem Grund zu einem sehr viel schnelleren Erfolg verdammt, weil der Täter mit hoher Wahrscheinlichkeit ein zweites Mal zugeschlagen hatte. Und es war ja nicht ausgeschlossen, dass daraus noch eine richtige Serie wurde.

„Eine weitere Erkenntnis betrifft die Ankerkette, mit der die Leiche unter Wasser gehalten werden sollte", sagte die Sachbearbeiterin nun.

„Sagen Sie bloß, Sie haben ihren Besitzer ermitteln können", fragte Steen erstaunt.

„Nein, das war leider nicht möglich, denn wie Sie sicher wissen, sind Ankerketten frei verkäuflich und unterliegen keinerlei Meldepflichten."

„Ja. Sollte man vielleicht ändern."

„Wie bitte?"

„Nichts", entgegnete Steen. „War nicht ernst gemeint. Fahren Sie fort."

„Wir sind hier unter Zurateziehung mehrerer Experten zu dem Ergebnis gekommen, dass diese Ankerkette vor Kurzem bearbeitet worden ist."

„Wie meinen Sie das?"

„Genauer gesagt, sie wurde verlängert, Herr Steen. Ob Ihnen das bei Ihren Ermittlungen hilft, weiß ich nicht, aber diese Arbeit muss irgendwer durchgeführt haben."

„Ein Schmied?"

„Zum Beispiel. Ich kenne mich weder mit Booten noch mit Eisenwaren besonders aus, aber ich könnte mir vorstellen, dass das bei irgendeinem Fachmann in Auftrag gegeben wurde."

„Hm", brummte Steen. „Dann sollten wir uns mal drum kümmern, wer sowas macht."

„Das war's, Herr Steen. Sie bekommen natürlich alles auch noch im Datensatz und als Ausdruck. Zur Ankerkette liegt ein ausführliches Gutachten inklusive hochauflösenden Bildmaterials vor, das unsere Ansichten zu diesem Thema unterstützt."

„Können Sie auch schon etwas zu dem Taschentuch sagen?"

„Ja, das ist für den Fall vermutlich nicht relevant. Es handelt sich nicht um Blut, sondern um Ketchup-Flecke."

„Vielen Dank." Steen beendete das Gespräch.

Dann atmete er erstmal tief durch.

„Eine Ankerkette verlängert man vermutlich dann, wenn man in einem tieferen Gewässer ankern will", sagte Ulfert, der alles mit angehört hatte. „Also zum Beispiel, wenn einer nicht mehr im Großen Meer herumgurken will, wo es nirgendwo mehr als anderthalb Meter tief ist, sondern in Zukunft durch die Kanäle fahren möchte. Oder im Dollart."

„Oder im Knockster Tief", murmelte Steen.

Ulfert hob die Augenbrauen. „Ein Tief ist auf jeden Fall ..."

„... tief", vollendete Steen den Satz des Kollegen.

„Kann man sagen."

Steen runzelte die Stirn. Er nahm sich einen Becher Kaffee, der in der Maschine gerade durchgelaufen war und setzte sich auf seinen dreh- und fahrbaren Bürostuhl. Der Kriminalhauptkommissar wirkte ziemlich nachdenklich. Was hatte die Verlängerung der Ankerkette mit dem Mord an Bernhardine Geiken zu tun? Gab es da überhaupt einen Zusammenhang? Und selbst wenn man auf diesem Weg den Besitzer der Ankerkette ermitteln konnte, dann bedeutete das ja noch nicht, dass dieser überhaupt etwas mit der Tat zu tun haben musste. Überall in Ostfriesland lagen Boote. Am Großen Meer, in den Häfen an der Küste, in den kleinen Häfen, in und an den Kanälen und Tiefs und manchmal auch an den hauseigenen Anlegestellen. Wer ein Haus am Kanal hatte, der hatte dort meistens auch ein eigenes Boot liegen. Und die allermeisten dieser Wasserfahrzeuge hatten auch eine Ankerkette, deren Länge vielleicht irgendwann mal den veränderten Bedürfnissen des jeweiligen Freizeitskippers angepasst worden war. Entweder, weil er jetzt andere Gewässer bevorzugte oder sich ein anderes Boot gekauft hatte, das eine längere Kette erforderte.

Der Mörder musste nicht der Besitzer der Kette sein. Er konnte sie einfach von irgendwoher mitgenommen haben, um die Leiche zu versenken. Aber wo mochte das geschehen sein? Diese Möglichkeit machte eigentlich nur Sinn, wenn der Täter die Kette in der Nähe des Tatortes vorgefunden hatte.

„Steen?", meinte Ulfert plötzlich, während er ziemlich gebannt auf den Bildschirm von Bernhardine Geikens Computer starrte. Ganz gleich, was Ulfert daran jetzt auch immer so sehr faszinieren mochte - im Augenblick interessierte Steen dies nicht.

Er nahm das Telefon, wählte eine Nummer.

„Steen?", wiederholte Ulfert ungeduldig.

„Gleich!"

„Ebbo!" Ulfert schien es sehr wichtig zu sein.

„Auf den Namen höre ich nicht, Ulfert!"

„Ach!"

„Weißt du doch. Das ist doch nichts Neues." Im nächsten Moment hatte Steen Polizeimeisterin Altje Remels am Apparat. „Altje? Wo bist du jetzt?"

Er hörte ein angestrengtes Keuchen.

„Was ist los?", fragte sie.

„Verfolgst du gerade im Dauerlauf einen Kuhdieb oder warum klingst du so außer Atem, Altje?"

„Bin zu Hause auf dem Hof", kam es knapp aus dem Apparat.

„Aber du hast Dienst!"

„Ja, aber Pa hat angerufen! Ein Bulle ist ausgebrochen. Was soll ich machen? Das kriegt er nicht alleine hin! Irgendwie ist das auch Polizeiarbeit, oder?"

„Ich möchte, dass in der Nachbarschaft von Bernhardine Geikens Haus nach der Ankerkette gefragt wird. Wer hat ein Boot? Wer hatte vielleicht eine Ankerkette zu Hause? Und wer hat vielleicht zum Zeitpunkt des Mordes ein Boot am Tief liegen gehabt. Es muss ja nicht unbedingt dort seinen Liegeplatz gehabt haben!"

„Kann das nicht der Ihno machen? Ich ruf ihn auch an!"

„Altje, du hast Dienst!"
„Steen, ich kann jetzt nicht! Das Mistvieh ist sonst über alle Berge!"
*Berge!*, dachte Seen. *In Ostfriesland. Aber gut ...*
„Sag mal, was mir gerade einfällt: Ihr habt doch auch Pferde, oder?"
„Zwei Ponys", antwortete Altje ungeduldig.
„Wer beschlägt die?"
„Ein Schmied natürlich."
„Würde der auch eine Ankerkette verlängern?"
„Der macht alles, was du ihm sagst und wofür du ihn bezahlst!"
„Ich nehme an, es gibt nicht allzu viele Schmiede in der Gegend, oder?"
„Onno ist der Einzige, den ich kenne. Seit man sich keine Ritterrüstungen und Schwerter mehr schmieden lässt und die Kochtöpfe aus dem Kaufhaus kommen, ist der Beruf etwas aus der Mode gekommen. Aber die wenigen, die es noch gibt, sind dafür umso unverschämter bei den Preisen, kann ich dir sagen. Die wissen genau, dass man auf sie angewiesen ist."
„Frag diesen Onno mal, ob er in letzter Zeit eine Ankerkette verlängert hat", wies Steen die Kollegin an.
„Ich muss jetzt Schluss machen", rief Altje und ihre Stimme überschlug sich dabei fast. „Das Mistvieh kommt jetzt genau auf mich zu. Und es ist ziemlich wütend ..."
Die Verbindung wurde unterbrochen.
„Chef, hörst du jetzt auch mal mir zu?", war jetzt nochmal Ulfert zu vernehmen.
Steen wirkte etwas genervt. „Es ist nicht zu fassen!", meinte er. „Geht die mitten in ihrer Schicht einfach nach Hause auf den Hof und jagt ein ausgebüxtes Rindvieh."
„Bulle jagt Bulle", meinte Ulfert grinsend.

Aber Steen konnte das im Augenblick nicht witzig finden. Der Blick, mit dem er Ulfert in diesem Moment bedachte, war vielsagend. Aber er vermied es, sich dazu zu äußern. „Was wolltest du von mir, Ulfert?"

„Hast du mal gesehen, was die Frau Geiken alles so im Internet angestellt hat?"

„Ja, so im Groben habe ich da schon ein Bild."

„Die war nicht nur eine Zockerbraut am virtuellen Poker-Tisch, Steen! Die war in mehreren sozialen Netzwerken aktiv, hatte offenbar jeweils etliche Nutzerkonten und Alias-Namen und - trara, jetzt kommt's! - sie hatte sich sogar bei einem Dating-Portal angemeldet."

„Was ist daran so ungewöhnlich, Ulfert? Auch Leute jenseits der Siebzig haben Sehnsüchte. Und Frau Geiken war ja nun auch schon wirklich lange verwitwet."

„Das waren nicht nur Portale für Senioren", sagte Ulfert.

Steen hob die Augenbrauen. „Nein? Was dann? Du willst mir jetzt nicht erzählen, dass Frau Geiken vielleicht schnellen Sex auf Parkplätzen gesucht hat. Um sich dazu zu verabreden, gibt es ja auch Portale."

„Nein, das geht in eine andere Richtung", erklärte Ulfert. „Junge Akademiker ..."

„Aha", murmelte Steen und schien jetzt wirklich erstaunt zu sein.

„Nun hatte Frau Geiken allerdings nicht einmal den Hauptschulabschluss geschafft, wie ich inzwischen herausgefunden habe."

„Na ja, und ganz jung war sie ja auch nicht mehr", stellte Steen fest.

„Eben, sag ich doch! Die alte Dame hatte ein paar Geheimnisse, die man so nicht bei ihr vermutet hätte. Eigentlich müssten wir mal alles durchforsten, was da so an Nachrichten in ihrem E-Mail-Konto vorhanden ist ..."

„Ja, wenn wir ganz viel Zeit und sonst nichts zu tun hätten", sagte Steen. „Aber zunächst mal geht es darum, einen Mörder zu fangen. Einen Doppelmörder sehr wahrscheinlich, denn ich gehe davon aus, dass derselbe Täter, der Bernhardine Geiken umgebracht hat, auch Kirsten Oltrogge auf dem Gewissen hat."

„Ich sag ja nur, was mir so aufgefallen ist", meinte Ulfert leicht verschnupft.

„Wir sollten uns auf die Poker-Spiele konzentrieren", gab Steen klar Anweisung.

„Ganz wie du willst."

„Siehst du das etwa anders, Ulfert?"

„Nein, keineswegs."

Steen griff nach dem Notizbuch, das aus Kirsten Oltrogges Haus stammte. „Lass uns mal damit anfangen, dass wir die auf diesen Listen geführten Personen eindeutig zuordnen und identifizieren. Und dann sehen wir mal, wie das alles in Zusammenhang mit Frau Geikens Pokerspielen steht ..."

„Sie hat auch Online-Banking gemacht", stellte Ulfert fest.

„Ich weiß. Mit ihren Konten habe ich mich schon beschäftigt. Zumindest oberflächlich. Die Merkfunktion des Browsers war glücklicherweise aktiviert." Steen atmete tief durch. „Das sind Summen, die da zusammengekommen sind. Mannomann, da fragt sich unsereins wirklich, wieso man nicht auch einfach nur den ganzen Tag Poker spielt, anstatt sich auf unserer Dienststelle abzumühen ..."

„Sind dir auch die hohen Barabhebungen aufgefallen?"

„Ja."

„Ich frage mich, wo die Summen geblieben sind, Steen. Irgendwelche neuen Wertgegenstände waren nicht in dem Haus. Und von bisher unbekannten entfernten Verwandten, Söhnen, Töchtern, Nichten, Neffen oder was auch immer, haben wir bisher nichts gehört. Davon abgesehen überweist man solche Beträge, wie sie da zu Buche stehen, üblicherweise."

„Ich könnte mir denken, dass etliche von denen, die sich über dieses ominöse Beteiligungsmodell von Frau Oltrogge an den Spieleinsätzen beteiligt haben, lieber bar ausgezahlt werden wollten", meinte Steen.

„Ja, aber bei denen scheint das Geld ja in letzter Zeit nicht mehr angekommen zu sein", erklärte Ulfert nachdrücklich. „Irgendwo muss es aber geblieben sein. Es gab kein neues Auto, die Waschmaschine war uralt, eine Spülmaschine gar nicht vorhanden, der Fernseher hatte Museumswert, irgendwelche Brillanten sind auch nicht entdeckt worden."

## Kapitel 23

Am späten Nachmittag kam eine Video-Chat-Verbindung von der Emder Kripo-Dienststelle zu dem Containerschiff zustande, auf dem Kapitän Oltrogge zurzeit das Kommando führte.

Die Nachricht vom Tod seiner Frau war ihm bereits übermittelt worden. Die Trauer und das Entsetzen hatten sich sichtbar in sein kantiges Gesicht eingegraben.

„Guten Tag, Kapitän Oltrogge", sagte Steen. „Ich möchte Ihnen auch im Namen meiner Kollegen nochmal ausdrücklich mein Beileid aussprechen. Wir werden alles tun, um den Mord an Ihrer Frau aufzuklären."

„Das weiß ich sehr zu schätzen", sagte Kapitän Oltrogge. „Wir sind hier derzeit in den Gewässern vor Singapur. Die Online-Verbindung ist einigermaßen stabil, aber das kann sich je nach Witterung und Entfernung zur Küste erfahrungsgemäß schnell ändern. Wir werden also damit rechnen müssen, unter Umständen unterbrochen zu werden."

„Gut, dann gestatten Sie mir, dass ich ohne Umschweife zur Sache komme."

„Ich bitte darum."

„Dann werde ich Ihnen zunächst einmal erklären, was unseren Ermittlungen nach geschehen ist."

„Tun Sie das."

„Ihre Frau ist mit einer Waffe in der Hand zur Tür gegangen und hat ihrem Mörder geöffnet. Offenbar hatte sie keine Gelegenheit mehr, sich zu wehren oder gar die Waffe einzusetzen. Sie wurde erschlagen, das Verletzungsmuster lässt auf stumpfe Gewalt schließen. Unsere Aufgabe ist es nun herauszufinden, wer das warum getan hat."

„Mein Gott ...", murmelte Kapitän Oltrogge.

„Herr Oltrogge, Ihre Frau hatte eine Waffe ..."

„Die stammt von Kirstens Großvater", sagte Kapitän Oltrogge. „Der war während des Zweiten Weltkriegs Kommandant der Flak-Einheit in Emden. Irgendwie ist die Pistole und auch ein kleiner Vorrat an dazugehöriger Munition mit einigen anderen Erinnerungsstücken als Erbmasse an Kirsten gegangen."

„Sowas muss man melden."

„Ich weiß. Das hätte im Übrigen schon ihr Großvater tun müssen. Ich habe ihr das auch gesagt. Sie meinte, sie wollte die Waffe einfach behalten. Als Erinnerung an ihren Großvater."

„Hat sie je damit geschossen?"

„Nein. Kirsten wusste überhaupt nicht, wie man mit so einer Waffe umgeht."

„Sie war geladen."

„Sie ist - soweit ich mich erinnere - nie ungeladen gewesen."

„Heißt das, dass …"

„Kirstens Großvater die Waffe noch selbst geladen haben muss. Und da er Ende der siebziger Jahre starb, kann das spätestens kurz vorher gewesen sein. Seitdem hat die Waffe in dieser Hinsicht nie wieder jemand angefasst."

„Wo wurde sie aufbewahrt?"

„Ich muss zugeben, dass das nicht besonders professionell bei uns gehandhabt wurde. Es gab keinen Waffenschrank oder dergleichen. Kirsten hatte sie immer einfach irgendwo in einer Schublade. Wir hatten ja auch keine Kinder, die … Ich habe mich nie sonderlich darum gekümmert."

„Ihre Frau hatte offenbar den Verdacht, dass an der Tür jemand war, der keine guten Absichten hatte. Sonst hätte sie sich ja nicht bewaffnen müssen."

„Ja, das scheint tatsächlich der Fall gewesen zu sein." Eine tiefe Furche erschien auf Kapitän Oltrogges Stirn.

„Können Sie uns sagen, ob Ihre Frau vielleicht Feinde hatte? Menschen, vor denen sie sich hätte fürchten müssen?"

„Ich kann mir so etwas nicht vorstellen. Das klingt für mich alles vollkommen absurd. Es tut mir leid, aber ich fürchte, ich bin Ihnen bei dieser Sache jetzt keine große Hilfe."

„Ihre Frau hatte eine Art Nebenerwerb - so will ich es mal nennen."

„Sie meinen die Beteiligung an Einsätzen für Online-Pokerrunden?", fragte Kapitän Oltrogge.

„Genau das. Sie wussten davon?"

„Ja, ich wusste davon. Ganz glücklich war ich nicht darüber, denn schließlich ist das eine Sache, die so … na, sagen wir mal ‚am Rand der Legalität' ist. Und ich bin durchaus jemand, der sich für Recht und Ordnung einsetzt."

„Ich verstehe."

„Aber im Grunde genommen hat Kirsten das ja eigentlich auch mehr getan, um ihrer Tante einen Gefallen zu tun. Die hat zwar mal so einen Computerkurs belegt und kannte sich besser damit aus als viele Jüngere, aber was den Geschäftssinn anging, davon hatte sie nun mal nicht so viel mitbekommen. Und sonderlich gut organisiert war sie auch nicht. Kirsten ist immer mal wieder bei ihr vorbeigegangen und hat ein bisschen mit aufgeräumt. Sonst wäre die Tante Bernhardine ganz verkommen, glauben Sie mir."

„Aber Frau Geiken besaß doch einige Ferienhäuser und verwaltete die auch."

„Nein, das alles hat Kirsten gemanagt. Die war da echt patent drin, kann ich Ihnen sagen. Tante Bernhardine hat meine Frau übrigens auch als Erbin eingesetzt. Das Testament ist beim Notar hinterlegt. Könnte es sein, dass Kirsten deswegen umgebracht wurde?"

„Wer würde denn erben, wenn nicht Ihre Frau?"

„Nun, da Tante Bernhardine keine weiteren Verwandten mehr hatte … Ich meine, Tante Bernhardine ist ja zuerst gestorben. Danach hätte meine Frau geerbt und deren Erbe … bin ich!"

„Sie verdächtigt niemand, Herr Oltrogge", sagte Steen. „Davon abgesehen, dass Sie nun wirklich ein wasserdichtes Alibi haben und sich zur Tatzeit tausende Kilometer vom Tatort entfernt befanden, wäre für mich zum gegenwärtigen Zeitpunkt auch gar kein Motiv erkennbar. Wir denken allerdings in der Tat, dass Frau Geiken und Ihre Frau von ein und demselben Täter umgebracht wurden und ein Zusammenhang zwischen beiden Taten besteht."

„Ich würde Ihnen ja gerne weiterhelfen. Aber mir fällt ehrlich gesagt niemand ein, der Kirsten gehasst haben könnte. Sie war in der Gemeinde aktiv, hatte viele Bekannte und war überall beliebt."

„Wir halten es für möglich, dass das Ganze mit den Einsätzen bei den Online-Pokerrunden in Zusammenhang steht", sagte Steen.

„Ja, aber das verstehe ich nicht. Die waren doch alle glücklich darüber, dass Kirsten ihr Geld vermehrt. Also genau genommen war es natürlich Tante Bernhardine, die es vermehrt hat, aber Kirsten hat das eben organisiert! Was glauben Sie, wem das alles schon so aus der finanziellen Bredouille geholfen hat! Ich hoffe, ich sag jetzt nicht zu viel und jemand bekommt da Schwierigkeiten. Schließlich kann man das Ganze ja auch als … eine Art illegale Lotterie oder sowas ansehen. Habe ich recht?"

„Uns geht es um die Morde", betonte Steen. „In letzter Zeit war die Stimmung unter den an dieser Geldvermehrung beteiligten Personen offenbar nicht mehr so gut. Es soll kein Geld mehr geflossen sein, obwohl Bernhardine Geiken offenbar weiterhin ziemlich erfolgreich gezockt hat!"

„Davon hat Kirsten mir nichts erzählt. Aber ich war auch monatelang auf See und wenn wir miteinander sprachen, dann ging das entweder über Satellitentelefon oder über Tante Bernhardines Computer."

„Ihre Frau hatte keinen?"

„So ist es. Und sie kannte sich damit auch nicht aus. Das war ein rotes Tuch für sie." Kapitän Oltrogge machte eine Pause und rieb sich das Kinn. Das Bild auf dem Schirm wackelte etwas und bekam für ein paar Sekundenbruchteile scharfe Risse. Offenbar trat nun genau das ein, was Kapitän Oltrogge prophezeit hatte. Es gab erste Schwierigkeiten mit der Verbindung.

„Einige der Geldgeber scheinen ziemlich sauer auf Ihre Frau gewesen zu sein", berichtete Steen.

„Und Sie denken, dass jemand von denen …" Kapitän Oltrogge schüttelte den Kopf. „Das kann und will ich nicht glauben."

„Warum nicht?"

„Das wäre ja … einer von uns!"

„Ihre Frau wurde an der Haustür erschlagen. Irgendjemand muss das getan haben! Und glauben Sie mir, ich habe nun wirklich einige Erfahrung, was solche Ermittlungen angeht. Wenn ich mit einem stumpfen Gegenstand auf jemanden einschlage, bis er tot ist, dann ist fast immer eine große Wut im Spiel."

„Wie gesagt, ich mag mir das einfach nicht vorstellen. Könnte es nicht doch sein, dass irgendwer von außerhalb … Ein Einbrecher vielleicht, der … was weiß ich ..."

„Wir verfolgen jede Spur, Herr Oltrogge", versicherte Steen.

„Gut, ich will Ihnen da auch nicht reinreden. Aber ich sage Ihnen ganz offen, dass mich der Gedanke sehr beunruhigt, dass jemand aus dem Bekanntenkreis für den Tod meiner Frau verantwortlich sein könnte."

„Das verstehe ich", sagte Steen. „Aber man muss sich nun mal der Wahrheit stellen, auch wenn sie unangenehm ist."

„Natürlich."

„Noch eine andere Frage. Ihre Frau hat sich eine Autonummer notiert und relativ prominent in der Küche aufgehängt. Die Autonummer gehört zu einem Wagen, der einem gewissen Martin Trave gehört."

„Ist das so ein aufgemotzter SUV mit dunklen Scheiben und Kuhfänger?"

„Das kommt hin."

„Meine Frau konnte sich leider nicht an den genauen Typ erinnern. Sie hat ihn sich vermutlich gar nicht gemerkt."

„Was hat es mit diesem Wagen auf sich?", fragte Steen.

„Sie erzählte mir mal, dass so ein Wagen vor Tante Bernhardines Haus gewartet hatte. Sie hatte den Eindruck, dass derjenige, der drinsaß, sie beobachtete."

„Wer saß denn drin?"

„Konnte sie nicht erkennen, weil die Scheiben getönt waren. Ja, das hat sie mir mal erzählt, ich habe ihr gesagt, dass sie zur Polizei gehen sollte, wenn sie ein komisches Gefühl deswegen hätte. Man hört ja so häufig von Einbrecherbanden, die Häuser auskundschaften und so weiter."

„Mehr hat sie Ihnen darüber nicht erzählt?"

„Nein. Aber da ich ja häufig irgendwo auf See bin, sprechen wir nur über die wirklich wichtigen und privaten Dinge miteinander. Insofern hat sie dem Vorfall wohl auch selbst keine größere Bedeutung beigemessen."

„Und der Zettel mit der Autonummer? Wie erklären Sie sich, dass sie den aufbewahrt hat?"

„Das kann ich Ihnen nicht sagen."

„Er hing sehr auffällig in der Küche. So wie eine Notiz, die man unbedingt im Auge behalten will."

„Wie gesagt, es tut mir leid, aber dazu kann ich Ihnen nun wirklich nichts sagen."

Wieder kam es zu einer Störung.

Diesmal war sie um einiges stärker als es beim ersten Mal der Fall gewesen war. Das Bild fiel für drei volle Sekunden aus und Steen befürchtete schon, dass die Verbindung nicht wiederhergestellt werden konnte. Aber wenige Augenblicke später war Kapitän Oltrogge wieder auf dem Schirm.

„Könnte sein, dass wir nicht mehr lange miteinander sprechen können", stellte er trocken fest.

„Ich habe eine Frage zu Bernhardine Geiken", mischte sich nun Ulfert Jansen ein. „Wussten Sie, dass sie sich in verschiedenen Dating-Portalen angemeldet hatte?"

„Nein, das wusste ich nicht", sagte Oltrogge. „Tante Bernhardine hat uns ja immer wieder zum Staunen gebracht. Ihre Pokerleidenschaft ist sicher auch nicht ganz alltäglich. Aber das überrascht mich nun doch sehr …"

Das war das Letzte, was Steen und Ulfert von Kapitän Oltrogge hörten. Er sagte zwar noch etwas, aber das war so verzerrt, dass man es nicht mehr verstehen konnte. Seine Worte gingen in einem schnarrenden Geräusch unter, das schließlich verstummte. Die Verbindung war abgebrochen.

„Immerhin wissen wir nun, dass Martin Trave seinen Wagen mal vor Bernhardine Geikens Haus geparkt hatte", sagte Steen. „Was auch immer uns das sagen sollte …"

„Als wir mit ihm geredet haben, hat er es bestritten", stellte Ulfert fest.

„Parken ist kein Verbrechen", meinte Steen.

„Er saß im Wagen."

„Das ist auch kein Verbrechen, Ulfert."

Die letzten Worte hatte Steen langsamer ausgesprochen. Er war ohnehin kein schneller Sprecher. Der breite ostfriesische Akzent verhinderte sowieso ein allzu hohes Sprechtempo. Aber jetzt war Steen noch sehr viel langsamer geworden, als es ohnehin schon der Fall war.

„Dir geht das auch nicht aus dem Kopf, hab ich recht?", sagte Ulfert leise.

„Hm", knurrte Steen.

„Du denkst doch auch darüber nach, was Trave dort wohl gewollt haben könnte, Chef."

„Da gibt es das Knockster Tief, ein paar Boote, das Restaurant von Frau Min-Jung ..."

„Restaurant nennst du das?"

„Pension mit Kneipe."

„Das klingt realitätsbezogener", war Ulfert zufrieden.

„Jedenfalls gibt es ein paar Gründe, um dort zu sein, die nichts mit Bernhardine Geiken und Kirsten Oltrogge zu tun hatten", stellte Steen fest.

„Es gab aber keinen Grund, uns das zu verschweigen."

Steen seufzte. „So viele Sorgen, wie der Mann hat … Da könnte ich schon verstehen, wenn er so etwas nicht in Erinnerung behält."

„Du hast eine Menge Verständnis für ihn, Steen."

„Was soll das heißen?", fuhr Steen auf.

„Sowas kann den klaren Blick manchmal trüben. Das solltest du nicht vergessen."

„Keine Sorge, Ulfert. Das tue ich schon nicht."

## Kapitel 24

Später rief Altje an.

„Ich hoffe, du hast den Bullen inzwischen gefangen, Altje”, sagte Steen.

„Wir haben ihn eingekreist”, sagte Altje. „Und inzwischen helfen auch noch ein paar Leute aus dem Dorf mit. ”

„Das heißt, du hast noch nicht damit angefangen, dich nach der Ankerkette umzuhören - worum ich dich gebeten hatte! Nein, was ich angewiesen hatte!”

„Steen, nun sei nicht so! Das macht der Ihno …”

„Der Ihno also …”

„Ich hatte zwischendurch bei der Bullenjagd etwas Muße…”

„Das kann nicht jeder von seinem Job behaupten, Altje!”, konnte sich Steen eine sarkastische Bemerkung nicht verkneifen.

„Man darf so ein Tier ja nicht noch reizen! Und es dauert nun mal etwas, bis so'n Vieh sich beruhigt hat und man ihn wieder mitnehmen kann …”

„Ich verstehe schon …”

„Jedenfalls habe ich während der Bullenjagd zwischendurch mit Onno telefoniert. Onno Cornelius, unserem Schmied, der den Pferden die Hufeisen macht.”

„Aha.”

„Ja, da staunst du wohl, was ich alles so auf einmal hinkriege! Ich sag dir, sowas lernt man nur, wenn man auf einem Bauernhof groß geworden ist! Fünf Dinge gleichzeitig machen und …”

„Ja, und? Was hat dieser Onno gesagt?”, unterbrach Steen seine Kollegin.

„Es war vor Kurzem jemand da, der eine Ankerkette verlängern lassen wollte.”

„Gibt es eine Beschreibung?”

„Wir konnten nicht länger miteinander reden, weil dann hier plötzlich die Luft brannte. Der Bulle drohte zur Straße durchzubrechen und du weißt doch, wie die Sattelschlepper über die B 70 knattern! Wenn das Vieh dazwischen geraten wäre …"

„Okay, Altje."

„Adresse von Onno findest du sicher selbst raus. Da tut sich jetzt was. Tschüss, Steen!"

Das Gespräch war zu Ende.

„Dann sollten wir mal diesen Onno befragen", meinte Steen.

„Ich könnte hierbleiben und mich weiter durch Bernhardine Geikens Datenmüllberg arbeiten", schlug Ulfert vor.

Steen überlegte kurz und nickte dann. „Gut", sagte er. „Ich dachte, du wärst vielleicht auch froh darüber, deinen Hintern mal ein bisschen lüften zu können …"

„Es geht noch, Steen."

„Na, dann!"

## Kapitel 25

Steen fuhr zum Hof von Onno Cornelius. Allein. Und das war ihm auch ganz recht so. Im Grunde genommen war Ebbo Steen kein besonders geselliger Mensch. Und ab und zu musste er einfach allein sein. Selbst so nette Menschen wie Ulfert oder Altje gingen ihm dann und wann auf die Nerven. Er musste dann einfach für sich sein und nachdenken.

Über diesen Fall zum Beispiel, bei dem immer noch einiges einfach nicht zusammenpassen wollte.

Aber vielleicht half ihm ja am Ende doch die Ankerkette weiter. Von Sachbeweisen auszugehen, war immer das Beste. Und die Ankerkette war vielleicht der Schlüssel zu allem. Zumindest sagte das Steens untrüglicher Instinkt. Er fuhr auf den Hof, parkte den Wagen und stieg aus.

Ein Hund kläffte heiser. *Hoffentlich ist der angeleint!*, dachte Steen. Aber auf einem Hof war das kaum zu erwarten. Meistens liefen die Hunde frei herum.

Im nächsten Moment schoss ein großer Jagdhund um die Ecke des Hauptgebäudes und rannte hechelnd auf ihn zu.

Steen zog die Dienstwaffe.

„Okko, zurück!", rief eine durchdringende Frauenstimme. Der Hund gehorchte wider Erwarten und blieb stehen.

Eine Mittvierzigerin in Jeans und Pullover kam um die Ecke.

Sie stutzte, als sie Steen mit seiner Waffe sah. Der Hund knurrte leise.

„Steen, Kripo Emden!", rief Steen.

„Der Hund tut nichts", meinte sie.

„Der Hund vielleicht nicht - ich aber schon!"

„Okko, komm her!", sagte die Frau. Der Hund kehrte zu ihr zurück. Sie fasste ihn am Halsband. Steen steckte seine Dienstwaffe wieder ein.

„Man muss ja nicht gleich so aggressiv sein", meinte die Frau. „So ein Tier erschreckt sich ja!"

„Glauben Sie, unsereins erschreckt sich nicht auch?"

„Ja, aber das ist doch ein Tier! Da muss man doch Rücksicht drauf nehmen."

„Kinder haben Sie wahrscheinlich nicht."

„Geht Sie das was an?"

Steen zog jetzt seinen Dienstausweis und hielt ihn der Frau hin. „Mich geht grundsätzlich alles was an", sagte er. „Wer sind Sie?"

„Beate Cornelius."

„Ich suche Onno Cornelius, den Schmied."

„Wir sagen nichts ohne Anwalt. Und wenn Sie irgendwas durchsuchen wollen, müssen Sie einen richterlichen Beschluss vorlegen."

„Frau Cornelius ..."

„Und wenn Sie wegen dem Hund hier sind, weil wir die Hundesteuer nicht bezahlt haben, dann kann ich Ihnen den Beleg zeigen. Wir haben inzwischen alles beglichen!"

„Nein, deswegen bin ich nicht hier", versuchte Steen sie zu beschwichtigen. „Ich möchte lediglich mit Ihrem Mann sprechen. Meine Kollegin Altje Remels …"

„Die Dicke?"

„Wenn sie jemals erfährt, dass ich das bestätigt habe, leidet das Betriebsklima erheblich auf unserer Dienststelle", knurrte Steen.

„Na ja, aber dick ist sie doch! Die bringt immer ihre Pferde zum Beschlagen her."

„Jedenfalls hat Altje vorhin mit Ihrem Mann telefoniert und ich möchte einem Hinweis nachgehen, den Ihr Mann gegeben hat."

„Was denn für ein Hinweis?"

„Frau Cornelius, das würde ich eigentlich gerne mit Ihrem Mann persönlich besprechen. Und nicht mit Ihnen."

Frau Cornelius wirkte ein wenig beleidigt. „Ja, wenn das so ist …"

„Das ist so", erklärte Steen in einem Tonfall, der möglichst überzeugend klingen sollte. Nicht so autoritär, dass man damit sofort eine Abwehrreaktion erzeugte, aber doch bestimmt genug, um dem Gegenüber deutlich zu machen, wer hier die Richtung vorgab.

„Er ist da vorne in der Schmiedewerkstatt …", gab sie kurz zurück. „Onno!", rief sie. Aber es antwortete niemand. „Ich nehme an, dass er Musik hört. Diese verfluchten Ohrhörer …"

„Ich find den Weg schon", sagte Steen.

„Ich würde Sie ja hinführen, aber ich muss erst den Hund reinbringen."

„Schon klar."

## Kapitel 26

Wenig später betrat Steen die Schmiede. Das Schmiedefeuer brannte im Moment nicht, Onno Cornelius saß da und rechnete mit einem Taschenrechner irgendetwas zusammen. Er schien sehr konzentriert zu sein. Die Vermutung seiner Frau, dass er Ohrhörer trug und Musik hörte, traf zu. Im Rhythmus der Musik nickte er mit dem Kopf.

Steen empfand es als glücklichen Umstand, dass Onno nicht mitsang.

„Herr Cornelius!", brüllte Steen, so laut, dass es trotz der direkten Beschallung der Ohren einfach unmöglich war, ihn zu überhören.

Onno Cornelius zuckte regelrecht zusammen, als er Steen bemerkte. Ein Laut, der nach ungesundem Schluckauf klang, brach sich zwischen Onno Cornelius' Lippen Bahn. Er riss sich die Ohrstöpsel heraus.

„Was wollen Sie?"

„Kripo Emden."

Steen holte seinen Ausweis hervor. Onno Cornelius runzelte die Stirn. „Wenn das wegen dem Hund ist, da ist meine Frau für zuständig. Ich hätte ihn nie gekauft. Und wenn das mein Hund wäre, dann wäre er besser erzogen."

„Nein, es ist nicht wegen dem Hund", beruhigte ihn Steen.

„Ich dachte schon. Letzte Woche hat das Viech dem Postboten ins Bein gebissen."

„Das ist aber kein Tötungsdelikt und fällt nicht in unsere Zuständigkeit."

„Nee, ich weiß. Sie sind für nichts zuständig. Aber das ist typisch für Beamte. Immer nicht zuständig. Man kommt immer an den Falschen."

„Herr Cornelius, ich ermittle in zwei Mordfällen, die wahrscheinlich miteinander zusammenhängen. Eines der Opfer, die Frau Bernhardine Geiken, wurde mit einer

Ankerkette versenkt. Viele Grüße von Altje, sie hatte ja schon mit Ihnen telefoniert."

Onno Cornelius stand jetzt auf, klappte sein Notizbuch zu und näherte sich Steen. Der Schmied war ein hünenhafter Mann mit weißblondem Haar und ebensolchem Bart. Durch die Haarfarbe wirkte er deutlich älter, als er wohl eigentlich war. Aber in seiner ganzen kräftigen Erscheinung verkörperte er genau das, was man sich gemeinhin unter einem Schmied vorstellte. Onno Cornelius überragte Steen um mehr als einen Kopf.

„Und was habe ich mit diesen Morden zu tun?", fragte er und verschränkte die Arme vor der Brust. Seine körperliche Präsenz war einschüchternd. Und das sollte sie in diesem Moment wohl auch sein. Viel Raum einnehmen und von oben herab auf den Gesprächspartner blicken - darauf lief es hinaus. Aber von derartigen Äußerlichkeiten ließ Steen sich nicht beeindrucken. Auch wenn er deutlich kleiner war als Onno Cornelius: Da stand er drüber.

„Es geht um die Ankerkette", sagte Steen. „Altje hat mir gesagt, Sie hätten angegeben, dass vor Kurzem jemand bei Ihnen eine Ankerkette verlängern ließ."

„Verlängern lassen wollte", sagte Onno Cornelius.

„Dann ist es nicht dazu gekommen?"

„Nee. Zum Äußersten ist es nicht gekommen!"

„Was soll das heißen: zum Äußersten?"

„Na, dass ich so gut wie umsonst arbeite. Und darauf wäre es hinausgelaufen, wenn ich auf diesen Typen eingegangen wäre. Der hatte vielleicht Vorstellungen." Er schüttelte energisch den Kopf. „Das ist wirklich nicht mehr feierlich gewesen!"

„Was war das für ein Typ?", fragte Steen. „Name? Adresse?"

„Nee, wo denken Sie denn hin! Sowas schreibe ich mir immer erst auf, wenn wirklich was draus wird und ich eine Rechnung schreiben muss."

„Wie sah er denn aus?"

„Ich habe nicht so auf ihn geachtet", gestand Onno Cornelius. „Wissen Sie, wenn man an einem heißen Werkstück arbeitet, dann kann man sich nicht auch noch auf das Gesicht von irgend so einem Sabbelkopp konzentrieren. War ein Hänfling. Also verglichen mit mir. Alter? Keine Ahnung. Vielleicht so wie ich. Vielleicht älter. Oder auch jünger. Wie gesagt, ich habe kein Bild mehr vor Augen, weil ich mich auf andere Dinge konzentrieren musste. Und dieses penetrante Gesabbel von dem, das konnte ich sowieso nicht ab."

Steen nahm sein Smartphone in die Hand und wischte darauf herum, bis er ein Foto der Ankerkette auf dem Display hatte.

„Sehen Sie sich die mal an."

„Ist das die Kette, mit der die Frau versenkt wurde?"

„Ja."

„Dann hat der Typ, der bei mir war, damit nichts zu tun."

„Wieso?"

„Weil die Kette auf dem Bild viel länger ist als die, die mir gezeigt wurde. Es ist dieselbe Sorte und sie gleicht ihr auch sonst - aber die Länge ist verschieden."

„Er wollte sie verlängern lassen."

„Richtig."

„Das heißt, er hat es wahrscheinlich woanders in Auftrag gegeben, da die Zusammenarbeit mit Ihnen ja nicht zustande gekommen ist", sagte Steen.

Der Schmied runzelte die Stirn und zupfte nervös an seinem Bart herum. „So kann man das natürlich auch sehen."

„Ich sehe es so", sagte Steen. „Und deswegen wäre es wichtig, wenn Sie sich doch nochmal an den Typen erinnern würden. Und zwar etwas genauer als bisher."

„Wie gesagt, da habe ich Ihnen schon alles gesagt. Moment ..." In Onno Cornelius' Augen blitzte es plötzlich, so als wäre ihm doch noch etwas eingefallen. „Eine Sache fällt mir ein."

„Raus damit. Alles kann wichtig sein."

„Er hatte ein Tattoo an der Handwurzel. Ich habe es gesehen, als er eine Bewegung gemacht hat und sein Ärmel hochrutschte."

„Was für ein Tattoo?", fragte Steen.

„Sah aus wie ein chinesisches Schriftzeichen. Ich kann kein Chinesisch, deswegen kann ich es Ihnen auch nicht übersetzen oder näher erklären."

„Also an das Gesicht können Sie sich nicht erinnern, das Alter ist unbestimmt, aber an das Tattoo erinnern Sie sich."

Onno Cornelius nickte. „Ja, tue ich. Das liegt daran, dass es gerade in dem Moment in meinem Blickfeld lag. Meine Güte, demnächst mache ich von jedem Arsch, der hier reinkommt noch ein Handyfoto, damit man etwas vorweisen kann, wenn die Polizei einen fragt."

„Ja, das wäre vielleicht ein guter Vorsatz", fand Steen.

„Ich würde sagen, das wäre der perfekte Spitzel-Staat."

„Jetzt übertreiben Sie aber."

„Finden Sie?"

„Gehen Sie bitte dorthin, wo Sie sich befunden haben, als Sie mit dem Besitzer der Ankerkette sprachen."

„Das habe ich gesagt, ich war am Ofen."

„Dann gehen Sie dorthin."

Onno gehorchte. „Genau hier stand ich. Muss ich jetzt auch noch Werkzeug in die Hand nehmen, damit es authentisch ist?"

„Wo genau stand Ihr Kunde?"

„Genau da, wo Sie jetzt stehen. Deswegen konnte ich auch sein Gesicht nicht richtig sehen. Es lag nämlich im Schatten, genau wie Ihres jetzt. Wegen der Scheißbirne, die nicht funktioniert." Er deutete zur Decke.

„Jedenfalls haben Sie vielen Dank für Ihre Auskünfte."

„Schon in Ordnung."

„Ich lasse Ihnen meine Karte da. Falls Ihnen noch was einfällt …"

„Rufe ich Sie sofort an", versicherte Onno. „Passen Sie auf wegen dem Hund, wenn Sie zum Wagen geht. Das Viech ist bissig."

„Danke für die Warnung", sagte Steen sarkastisch.

Er war schon fast zur Tür hinaus, da hielt ihn Onnos Stimme nochmal zurück.

„Eine Sache noch!", rief der Schmied.

Steen drehte sich um. „Was?"

„Ist vielleicht nicht wichtig, aber …"

„Was wichtig ist, bestimme ich, Herr Cornelius."

„Als der Typ rausgegangen ist, war er ziemlich wütend, weil ich nicht zu seinen Bedingungen die Kette verlängern wollte. Ich habe gehört„ wie er ins Auto stieg und die Tür knallte. Als er dann startete, gab es ein … schleifendes Geräusch. Näher kann ich das nicht beschreiben. Ich habe das Auto auch nicht gesehen, aber vom Klang her glaube ich nicht, dass das ein Kleinwagen war. Und abgesehen davon würde ich an der Stelle dieses Typs bald mal in die Werkstatt damit gehen."

„Könnte Ihre Frau den Wagen gesehen haben?"

„Nein. Die war an dem Tag gar nicht hier."

„Schade."

„Tut mir leid."

„Tschüss."

## Kapitel 27

*Sowas!*, dachte Steen, als er in den Wagen stieg. *Jemand erinnert sich an schleifende Geräusche eines Motors und an ein Tattoo, hat dem Kerl aber offenbar nicht ins Gesicht geschaut! Zumindest nicht so, dass er sich erinnern könnte!*

Steen fuhr los, begleitet vom Kläffen des Hofhunds Okko.

Er befand sich bereits wieder auf der Landstraße, als er entschied, noch nicht zur Dienststelle nach Emden zurückzukehren. Sollte Ulfert sich ruhig noch etwas in die Computeraktivitäten der ermordeten Bernhardine Geiken hineinvertiefen! Steen hatte dazu im Augenblick keine Lust. Stattdessen entschied er, dass er heute vielleicht noch eine Befragung schaffen konnte. Die Befragung einer der Personen, deren Geldeinsätze in Kirsten Oltrogges Notizbuch verzeichnet waren. Die Identitäten dieser Personen waren ja inzwischen zweifelsfrei festgestellt worden.

Zu ihnen gehörte auch ein gewisser Ernst Müller aus Wybelsum. In Kombination mit der Telefonnummer war er sehr leicht zu identifizieren gewesen.

Wybelsum hatte anderthalbtausend Einwohner. Früher eine eigene Gemeinde, inzwischen ein Stadtteil von Emden, war Wybelsum durch den größten an Land errichteten Windpark Europas bekannt. Inzwischen hatte dieser Windpark dem ursprünglichen Wahrzeichen des Ortes - seinem Leuchtturm - an Bekanntheit sicherlich längst den Rang abgelaufen.

Steen fuhr auf einem kleinen Umweg nach Wybelsum. Er wollte den Staus ausweichen, mit denen man um diese Zeit aufgrund diverser Baustellen und der Rushhour rechnen musste.

Es ging an zahlreichen Windrädern vorbei, die sich in der lauen Brise, die von der Knock herüberwehte, kaum drehten.

Ernst Müller war Steen durchaus bekannt. Er hatte von ihm in der Zeitung gelesen. Ernst war noch keine dreißig und hatte die in der Gegend bekannte Spedition übernommen, nachdem sein Vater vor Kurzem einem Herzinfarkt erlegen war.

Arnold Müllers Ableben war der Emder Lokalpresse mehrere ganzseitige Artikel wert gewesen. Unter anderem war er als großzügiger Sponsor mehrerer Sportvereine in Erscheinung getreten, und es war im Gespräch gewesen, dass die Fußballspieler von Kickers Emden in der nächsten Saison den Schriftzug Müller Logistics auf ihren Trikots tragen sollten - natürlich gegen einen nicht unerheblichen Beitrag zur Sanierung der Vereinskasse.

Daraus war dann allerdings nichts geworden, nachdem der junge Ernst die Geschäfte übernommen hatte. Auch darüber hatte die Lokalpresse ausführlich berichtet. Von Wortbruch und Verrat an dem Gemeinsinn des alten Müller war in zahlreichen Leserbriefen die Rede gewesen und das Gästebuch der Firmen-Website hatte abgeschaltet werden müssen, weil einfach zu viele Hassbotschaften gepostet wurden.

Steen erreichte das Firmengelände. Es befand sich rund um eine in mehreren Schritten erweiterte und den Erfordernissen einer Speditionsfirma angepassten Villa aus den zwanziger Jahren.

Ein paar Lastwagen standen auf dem betonierten Gelände rund um das Gebäude. Auf der Plane des Laderaums prangte jeweils unübersehbar das Emblem von Müller Logistics.

Steen stellte den Wagen ab und stieg aus.

Ein Mann mit blauem Overall rief: „Feierabend!"

Steen ging ihm entgegen.

„Ich sagte Feierabend! Dat gaait jetzt nicht mehr!", wiederholte der Mann.

Steen holte seinen Ausweis hervor.

„Doch! Dat gaait immer", widersprach der Kriminalkommissar. Dass er nicht Ernst Müller persönlich vor sich hatte, war Steen klar. Schließlich erinnerte er sich zwar nicht an jede Einzelheit, wohl aber an die Pressebilder zu den Artikeln über Müller Logistics, den Tod des alten spendierfreudigen Herrn und die Übergabe der Geschäfte an den knauserigen Junior Ernst. Und so wusste Steen, dass dies auf gar keinen Fall der Chef persönlich sein konnte.

„So'n Schiet", meinte der Mann im Overall. „Wenn Leute wie Sie kommen, dann zieht sich das immer. Und ich hatte doch heute was vor!"

„Sagen Sie einfach, wo ich den Chef finden kann, dann zieht sich für Sie heute gar nichts mehr, Herr …"

„Bunsema. Jörn Bunsema."

„Also, Herr Bunsema. Wo ist der Chef?"

Jörn Bunsema hob die Schultern und ließ die Hände in den weiten Taschen seines Overalls verschwinden.

„Na, wo schon? Im Büro natürlich."

„Danke."

Der Blick, den Jörg Bunsema dem Kommissar hinterherwarf, war mehr als nur misstrauisch. Aber davon bekam Steen nichts mehr mit.

Ohne anzuklopfen, betrat Steen das Büro. Ein Klingelzeichen sorgte dafür, dass man auf jeden, der eintrat, aufmerksam wurde.

„Ich geh dann jetzt mal einkaufen", sagte eine weibliche Stimme. Sie sprach mit einem harten, ganz und gar unostfriesischen Akzent. Es klang osteuropäisch.

„Denk an Koteletts für heute Abend, Ludmilla!"

„Gut."

„Bis nachher, Schatz."

Ludmilla musterte Steen kurz. Ihr Blond war nicht echt, das Gesicht stark geschminkt und die Fingernägel definitiv zu lang, als dass sie in der Spedition als Sekretärin hätte tätig sein können. Jedenfalls nicht, wenn das voraussetzte, dass sie mit irgendeiner Computertastatur klarkam.

Sie ging hinaus.

Ernst Müller hatte Steen inzwischen auch bemerkt. Er blickte nun von seinem Schreibtisch auf. Steen erkannte ihn von den Pressebildern her. Er zeigte seinen Ausweis und stellte sich kurz vor.

„Steen, Kripo Emden, moin."

„Moin, moin."

„Ich müsste kurz mit Ihnen sprechen. Wenn Sie sich dafür etwas Zeit nehmen würden, Herr Müller …"

„Was wollen Sie?", fragte Müller.

„War das gerade Ihre Frau?"

„Demnächst. Sie kommt aus der Ukraine. Papiere sind in Ordnung, wenn Sie deswegen …"

„Nee, war nur neugierig", sagte Steen. „Ich ermittle in den Mordfällen Bernhardine Geiken und Kirsten Oltrogge."

„Ach so …"

„Ich nehme an, dass Sie beide kennen."

„Na ja, als Kinder waren Kirsten und ich Nachbarn. Und Bernhardine Geiken ist wohl ihre Tante."

„Es geht eigentlich darum, was Sie in letzter Zeit mit beiden verbunden hat, Herr Müller."

„Kaffee?"

„Danke nein."

„Tee? Haben wir auch einen Rest."

„Nein, danke."

„Wir sagen hier alle du. Ich bin der Ernst."

„Ich sage nicht du", stellte Steen klar. Leute, die ihn kumpelten, um Fragen auszuweichen, hatte er nicht so gern. Und es fiel manchmal schwer, diese Abneigung zu verbergen. „Und normalerweise bevorzuge ich es, wenn Menschen, die ich befrage, mich Herr Steen nennen."

„Ach so", murmelte Müller ernüchtert. „Tja, ich habe natürlich davon gehört, dass die beiden Frauen einem Gewaltverbrechen zum Opfer gefallen sind. Und das so kurz hintereinander. Ich meine, Ostfriesland ist ja nicht Chicago, oder?"

„Nee, ist es nicht."

„Na also!"

„Herr Müller, ich …"

„Ich wünsche Ihnen wirklich alles Gute bei Ihren Ermittlungen, aber ich frage mich schon, weshalb Sie damit zu mir kommen, Herr Steen."

„Denken Sie nochmal kurz nach, Herr Müller. Dann kommen Sie bestimmt selbst drauf. Es gibt nämlich sehr wohl eine Verbindung zwischen Ihnen dreien und die hat mit viel Geld zu tun. Und viel Geld bedeutet immer auch ein potenzielles Motiv für einen Mord."

Ernst Müller wurde von einem Augenblick zum anderen blass wie die Wand. Jegliche Farbe hatte innerhalb eines Sekundenbruchteils sein Gesicht verlassen und sein Gesichtsausdruck war zu einer starren Maske gefroren.

*Er weiß ganz genau, wovon ich rede!*, dachte Steen.

In diesem Augenblick kam Jörg Bunsema ins Büro. Aus irgendeinem Grund schien er doch noch nicht gegangen zu sein.

„Chef?"

„Jetzt nicht!"

„Aber Chef …"

„Jetzt nicht, Jörg!"

„An der großen Zugmaschine ist was mit dem Hinterreifen nicht in Ordnung. Ich habe es gerade erst festgestellt, kurz bevor ich eigentlich gehen wollte …"

„Ich kümmere mich darum, Jörg."

Bunsema blickte von Müller zu Steen und wieder zurück. „Bis morgen dann", sagte er und ging.

Müller ging zur Tür und schloss von innen ab, so, als wollte er sicherstellen, dass das Gespräch mit dem Kriminalhauptkommissar jetzt auf gar keinen Fall mehr gestört werden konnte.

„Ich sehe, dass Sie offenbar genau wissen, wovon ich spreche", sagte Steen ruhig.

„Ich habe mit dem Tod der beiden Frauen nichts zu tun", antwortete Müller sichtlich um Fassung ringend. „Und Sie können mir gerne glauben, dass ich mich längst bei Ihnen gemeldet hätte, wenn ich der Meinung wäre, Ihnen irgendwie weiterhelfen zu können."

„Herr Müller, ich habe Sie bis jetzt nicht verdächtigt, sondern Sie nur darum gebeten, mir meine Fragen zu beantworten", erwiderte Steen. „Mehr nicht. Und alles Weitere wird sich dann daraus ergeben. Aber, um ehrlich zu sein, dass Sie sich in dieser Hinsicht so anstellen, macht mich eher misstrauisch, als dass ich geneigt wäre, Ihnen zu glauben. Davon mal ganz abgesehen bin ich nicht hier, um die mittelbare Beteiligung an irgendwelchen Glücksspielen zu verfolgen! Ich werde noch nicht mal genauer überprüfen, was daran strafbar sein könnte und was nicht, denn meine Aufgabe besteht ausschließlich darin, zwei Morde aufzuklären. Und dazu brauche ich die Hilfe von jedem, der die Mordopfer kannte, der mit ihnen zu tun hatte oder irgendetwas zu dem ganzen Sachverhalt beitragen kann. Was vielleicht ein neues und, wie ich hoffe, erhellendes Licht auf den Fall werfen kann."

„Brauche ich einen Anwalt?"

„Dazu besteht kein Rechtsgrund, Herr Müller. Dies ist ein informatorisches Gespräch, mehr nicht. Wie gesagt, daraus kann sich natürlich alles Mögliche sonst noch ergeben."

„Gut."

„Ich würde vorschlagen, Sie hören sich erstmal an, was ich überhaupt wissen möchte."

„In Ordnung."
„Ihrer sehr heftigen Reaktion auf meine Eingangsfrage entnehme ich, dass Sie ganz genau wissen, worum es geht und wie ich auf Sie komme, Herr Müller."
„Wenn es um diese Poker-Spiele im Internet geht, an denen Tante Bernhardine teilgenommen hat …"
„Sie ist auch Ihre Tante?"
„Ich nenne sie so. Seit der Kindheit. Wie gesagt, wir waren Nachbarn von Kirstens Eltern. Und Kirstens Tante war auch meine Tante. Zumindest in der Anrede."
„Verstehe."
„Wenn Sie mir jetzt einen Strick daraus drehen wollen, dass ich Kirsten Geldbeträge gegeben habe, die dann bei Tante Bernhardines Online-Poker-Runden als Einsätze verwendet wurden, dann sind Sie schief gewickelt."
„So?"
„Wieso sollte das etwas damit zu tun haben, dass beide umgebracht wurden?"
„Sagen Sie es mir, Herr Müller. Ich wäre sehr gespannt auf Ihre Antwort."
„Nach dem, was ich darüber gehört habe, war das irgendeine auswärtige Bande …"
„Nein, davon gehen wir aus verschiedenen Gründen nicht aus", erwiderte Steen. „Herr Müller, Ihr Name taucht in einem Notizbuch auf, das Kirsten Oltrogge geführt hat. Darin sind die Beträge verzeichnet, die sie jeweils einsammelte, um sie ihrer Tante als Spieleinsatz zur Verfügung zu stellen."
„Ja, Kirstens Notizbuch …", murmelte Müller.
„Sie waren einer derjenigen, die für die größten Summen gezeichnet haben."
„Ist das so?"
„Das Problem ist, dass es irgendwann nicht mehr zu den verabredeten Auszahlungen kam. Und das, obwohl

Bernhardine Geiken weiterhin sehr erfolgreich war. Aber aus irgendeinem Grund gab es plötzlich kein Geld mehr."

„Wenn Sie das sagen ..."

„Es hat keinen Sinn, um diese Tatsache herumzureden. Haben Sie Frau Oltrogge und vielleicht auch Frau Geiken deswegen zur Rede gestellt?"

„Ich?"

„Andere haben es getan!"

„Hören Sie ... Ja, es hat da irgendwelche Unregelmäßigkeiten gegeben."

„Herr Müller, das waren nicht irgendwelche Unregelmäßigkeiten! Ich an Ihrer Stelle hätte mich betrogen gefühlt. Da sind Gelder für einen bestimmten Zweck eingezahlt und auch verwendet worden und Frau Geiken hat dieses Geld offenbar ganz anders verwendet! Anstatt es an Kirsten Oltrogge weiterzugeben, damit die an dem Geschäft Beteiligten ausgezahlt werden können, hat sie etwas anderes damit gemacht. Wir haben keine Ahnung, was das sein könnte. Frau Oltrogge ist darauf angesprochen worden und sie wird sich natürlich auch mit Frau Geiken auseinandergesetzt haben. Wir wissen inzwischen, dass es erheblichen Unmut über die Sache gegeben hat, also spielen Sie die Sache nicht herunter. Angesichts der Summen, die da im Spiel waren, wäre es allzu verständlich, wenn jemand wie Sie auf Frau Oltrogge, Frau Geiken oder beide wütend gewesen wäre!"

Müller ballte die Fäuste. Sein Gesicht verzog sich.

„Ja, es war eine Schweinerei!", gab er zu. „Und unsere Firma ist dadurch zwischenzeitlich in große Schwierigkeiten gekommen!" Er seufzte. „Wir sind alle nicht auf Rosen gebettet. Das Transportgewerbe ist hart, die Konkurrenz schläft nicht und arbeitet teilweise auch mit unfairen Mitteln."

„Das kann ich mir gut vorstellen, Herr Müller."

„Nein, das können Sie nicht! Sie sind ein Beamter! Bei Ihnen ist an jedem Ersten das Gehalt auf dem Konto. Aber bei unsereinem ist das etwas anders!"

„Herr Müller ..."

„Ja, ich war auf das Geld angewiesen. Es hat uns über eine schwierige Phase hinweggerettet, und als plötzlich der Geldstrom versiegte, da war das sehr schwierig."

„Und wann haben Sie erfahren, dass Frau Geiken Sie betrogen hat?", fragte Steen. „Dass sie weiterhin erfolgreich zockte, aber nichts von dem Geld weiterleitete?"

Müller atmete tief durch. „Ziemlich bald. Sowas spricht sich herum. Die meisten, die Geld dazugegeben haben, kennen sich auch untereinander. Der Verdacht war ziemlich schnell in der Welt. Vor allem, weil es natürlich nicht schwer ist, herauszufinden, wie die Pokerrunden tatsächlich ausgegangen sind ... Mehr als einen Computer braucht man dafür ja nicht."

„Was haben Sie unternommen, als Sie merkten, dass etwas nicht stimmte?"

„Natürlich habe ich mit Kirsten gesprochen."

„Wie hat sie reagiert?"

„Sie hat zuerst alles abgestritten. Nein, das sei alles in Ordnung, Tante Bernhardine hätte eben auch nicht immer Glück und eine ausländische Bank hätte nicht überwiesen, weil es da einen Zahlendreher in der Bankverbindung gegeben hätte ... So ein Unsinn eben."

„Das haben Sie doch nicht einfach so auf sich beruhen lassen!"

„Nein, natürlich nicht. Ich war mehrfach bei Kirsten, habe mit den anderen Kontakt aufgenommen und einmal habe ich auch vor der Tür von Tante Bernhardine gestanden."

„Und? Wie hat die Frau Geiken reagiert?"

„Gar nicht."

„Was soll das heißen: gar nicht?"

„Na, sie hat nicht aufgemacht. Und: Nein, ich habe nicht die Tür eingetreten oder so etwas, sondern bin dann wieder abgezogen. Die ganze Sache ist dann zum Teil zumindest auch geregelt worden."

„Was heißt zum Teil? Was meinen Sie damit?"

„Ich habe gedroht, Frau Geiken und Frau Oltrogge anzuzeigen, wegen Betreiben eines illegalen Glücksspiels. Frau Oltrogge hat mir allerdings gesagt, dass ich da keine Chance hätte, in Deutschland sei noch niemand wegen der Beteiligung an einer Online-Pokerrunde verurteilt worden und so weiter und so fort. Außerdem würde ich ja selbst mit drinstecken."

„Und? Wie ging das dann weiter?"

„Ich habe gesagt, das sei mir egal. Für mich ginge es um die Existenz. Und bei Kirsten und Tante Bernhardine ginge es auch weniger um das Glücksspiel als um Betrug. Kirsten hat zwar erst gemeint, das ganze Geschäft zwischen uns sei sowieso sittenwidrig, deswegen könnte ich meine Ansprüche nicht einklagen. Daraufhin habe ich ihr gesagt, ich wäre auch schon zufrieden, wenn sie ins Gefängnis ginge. Und angesichts der Summen, die da insgesamt im Spiel waren, wäre das durchaus im Rahmen des Möglichen gewesen. Tja, und dann hat sie mir angeboten, sie wollte mal mit Tante Bernhardine sprechen, ob ich nicht einen Vorschuss auf die Summe bekommen könnte, die insgesamt aufgelaufen war."

„Und die haben Sie dann bekommen?"

„In bar."

„Wie viel war das?"

„Die Hälfte. Und die Beträge, die insgesamt aufgelaufen waren, kennen Sie sicher. Schließlich haben Sie ja das Notizbuch." Ernst Müller atmete tief durch. „Sie sehen also, ich hatte überhaupt kein Motiv, eine der beiden Frauen umzubringen."

„Na ja, da war ja immer noch die zweite Hälfte, die ausstand."

„Die ich jetzt wohl ganz abschreiben kann. Wenn beide noch leben würden, hätte ich wenigstens eine kleine Chance, doch noch an das Geld zu kommen, das mir eigentlich zustand!"

*Wo er recht hat, hat er recht!*, ging es Steen durch den Kopf.

Er gab Ernst Müller seine Karte.

„Vielleicht werde ich noch einmal wiederkommen, um Sie zu befragen", sagte Steen. „Ehrlich gesagt: Ziemlich sicher sogar."

„Wäre sehr nett, wenn Sie Ihre Ermittlungen diskret durchführen."

„Natürlich."

„Sowas spricht sich nämlich schnell herum. Wenn jemand die Kripo im Haus hat, ist das ein gefundenes Fressen für die Konkurrenz. Und normalerweise denken dann Geschäftspartner auch an andere Dinge, als dass der Firmeninhaber zwei Frauen umgebracht haben soll!"

„Ich habe Sie bislang nicht beschuldigt", stellte Steen fest. „Und im Übrigen danke ich Ihnen für Ihre Kooperation. Was die Diskretion betrifft, tue ich immer mein Bestes."

„Ich frage mich ehrlich, ob Ihr Bestes gut genug ist, Herr Steen", gab Müller zurück und betonte dabei das „Herr" auf eine Weise, die man durchaus als herablassend interpretieren konnte.

„Ich denke, die Tatsache, dass es einige Personen gibt, die als Geldgeber für die Poker-Einsätze von Frau Geiken fungiert haben, wird sich herumsprechen. Da wird auch Ihr Name fallen. Das lässt sich gar nicht vermeiden, Herr Müller."

„Wenn Sie das sagen …"

„Ganz Ostfriesland ist ein Dorf, Herr Müller. Das wissen Sie doch!"

## Kapitel 28

Steen fuhr zurück zur Dienststelle. Eigentlich war längst Feierabend. Das Gespräch mit Ernst Müller hatte über Steens Dienstzeit hinaus gedauert und so hatte der Kriminalhauptkommissar auch nicht damit gerechnet, Ulfert Jansen noch anzutreffen. Aber der hatte offenbar bis jetzt an Bernhardine Geikens Computer gesessen.

Allerdings nicht allein.

Polizeimeisterin Altje Remels war bei ihm. Sie saß mit offenem Mund und großen Augen auf dem rollbaren Bürostuhl, der ansonsten für Kommissar Steen reserviert war, und sagte zweimal kurz hintereinander: „Nee, sowas!"

„Wie ich sehe, leidet ihr nicht unter Langeweile", bemerkte Steen ironisch.

„Nee, was!", stieß Altje nun zum dritten Mal hervor. Und bei ihr klang das tatsächlich so, als wäre sie wirklich immer wieder aufs Neue vollkommen überrascht.

„Machen wir mal eine Pause", meinte Ulfert. Er sah auf die Uhr. „Oder vielleicht am besten auch Schluss."

„Jetzt schon?", scherzte Steen. „Hat man während deiner Berliner Zeit auch immer so früh Feierabend gemacht, Ulfert?"

„Da haben wir ganze Nächte durchgearbeitet."

„Siehst du!"

„Aber eher bei Observationen oder so. Gangster machen nämlich ihren Feierabend nicht unbedingt so, dass das in den Dienstplan passt!"

„Da sagst du was", meinte Steen. „Und du denkst, dass das in Ostfriesland anders ist?"

„Nein, natürlich nicht."

„War ein Scherz, Ulfert. Geh nach Hause. Wir machen morgen weiter. Wenn du müde ermittelst und Fehler machst, nützt das niemandem. Habt ihr denn wenigstens was Interessantes herausgefunden?"

Ehe Ulfert Jansen dazu auch nur einen einzigen Satz hätte sagen können, hatte Altje das Wort ergriffen.

„Sie ist als Mann unterwegs gewesen", sagte sie. „Die Frau Geiken, meine ich. Und natürlich wohl auch nur im Internet. Das ist schon ziemlich seltsam."

„Wie?" Steen runzelte die Stirn. „Ihr meint, da gibt es ein paar Seiten an unserem Mordopfer, die man nicht so ohne Weiteres mit einer älteren Dame in Verbindung bringen würde?"

„Das kannst aber laut sagen, Steen!", platzte es aus Altje heraus. „Und was die dann so geschrieben hat ... Richtig romantisch. Also vielleicht hätte sie Liebesromane schreiben sollen."

„Also, der Punkt ist, dass die ermordete Frau Geiken mehrere falsche Profile in verschiedenen Dating-Portalen hatte", sagte Ulfert. „Da sind komplett erfundene Lebensläufe, Fotos und so weiter."

„Woher kommen denn die Fotos?", fragte Steen.

„Von Bilderdiensten. Es ist faszinierend. Sie scheint Spaß daran gehabt zu haben, noch mehrere weitere Existenzen im Netz zu führen. So, als hätte ihr das Leben als ältere Poker-Tante nicht ausgereicht."

„Wer hätte das nicht manchmal gern: Ein zweites Leben", seufzte Steen. „Obwohl - vermutlich würde sich mein zweites Leben gar nicht so sehr vom ersten unterscheiden. Man hat halt so seine Vorlieben."

„Die anderen Leben der Frau Geiken haben sich allerdings ziemlich von ihrem eigentlichen Leben unterschieden", sagte Altje. „Man könnte auch sagen, sie bevorzugte das genaue Gegenteil."

Steen hob die Augenbrauen. „Inwiefern?"

„Eine ältere Frau, die im Netz überwiegend als verschiedene junge Männer auftritt”, erklärte Altje. „Ich glaube, einmal auch als junge Frau, aber sonst sind das männliche Identitäten. Und sie schreibt auch wie ein Mann. Offenbar konnte sie sich richtig gut in diese Rollen hineindenken.” Altje zuckte mit den Schultern. „Also, wenn die mir geschrieben hätte, dann hätte ich sofort geglaubt, dass da ein Mann schreibt. So überzeugend ist das!”

„Ein bisschen was hat das ja auch mit Poker gemein”, fand Steen.

Für Altje schien dieser Gedankengang nicht so recht nachvollziehbar zu sein. „Wie meinst du das denn, Steen?”

„Na, ganz einfach. Geht es beim Pokern nicht auch in erster Linie darum, den Mitspielern etwas vorzumachen?”, gab Steen zurück.

„Jedenfalls spricht man von dem berühmt-berüchtigten Pokerface, wenn jemand etwas zu verbergen hat”, ergänzte Ulfert.

„Genau”, bestätigte Steen.

„Ja, da scheint ein sehr persönlicher Nerv von Frau Geiken berührt worden zu sein”, meinte Ulfert.

„Vielleicht war ihr auch einfach nur langweilig”, entgegnete Steen.

„Eine Frau, die um so hohe Beträge zockt und außerdem noch eine ganze Menge von Leuten im Nacken hat, die ihr die Einsätze gestiftet haben?”, meinte Ulfert zweifelnd. „Steen, was du sagst, klingt absurd.”

„Habt ihr denn auch herausbekommen, ob sie vielleicht auch beim Pokern ein paar Fake-Identitäten benutzt hat?”, wollte Steen wissen.

„Nein, das hat sie nicht”, stellte Ulfert klar. „Zumindest nicht, soweit wir das bis jetzt feststellen konnten.”

„Hm”, murmelte Steen. „Das hätte aber eigentlich mehr Sinn gemacht. Schließlich musste sie ihre Gewinne geheim halten!”

„In dieser Hinsicht hat sie sich nicht so viel Mühe gegeben. Das liegt vielleicht aber auch daran, dass man sich bei solchen Portalen nicht einfach so unter Fake-Profilen anmelden kann. Schließlich geht es ja auch immer um Daten zum Zahlungsverkehr und solche Dinge. Und wenn eine Firma in Gibraltar Glücksspiele organisiert, die vielleicht anderswo nicht der Legalität entsprechen, heißt das ja nicht, dass die nicht sehr genau überprüfen, ob der Betreffende vertrauenswürdig ist, seine Einsätze bezahlt und die Gewinne nicht am Ende auf dem Schwarzgeldkonto eines Mafiosos landen.”

„Da landen die dann vermutlich aber trotzdem, Ulfert”, erklärte Steen.

„Zumindest dürften die Sicherheitsvorkehrungen vergleichbar mit denen von Online-Shops sein”, gab Ulfert zurück.

„Also nicht besonders hoch”, warf Altje ein.

„Ein Grund dafür, dass Bernhardine Geiken für ihre Poker-Runden keine falschen Profile erschaffen hat, könnte auch sein, dass man bei manchen dieser Runden mitunter live über die Kamera des Rechners über Video-Chat zugeschaltet wird. Und davon abgesehen ist es durchaus üblich, dass erfolgreiche Spieler in höherklassige Runden hineinkommen, in denen es um größere Einsätze geht.”

„Also wie Kickers Emden - unter der Voraussetzung, dass die endlich mal aufsteigen würden”, schloss Steen. „Ich sehe, wir werden uns mit den Feinheiten der Online-Spielerei noch etwas mehr beschäftigen müssen.”

„Ehrlich gesagt kann ich nur staunen, wie versiert Bernhardine Geiken in diesen Dingen war”, sagte Ulfert.

„Und damit meine ich jetzt insbesondere diese gefälschten Identitäten bei den Dating-Portalen."

„Dieser Punkt lässt dich nicht los, Ulfert, oder?" Der lächelte müde und unterdrückte ein Gähnen.

„Kann schon sein. Sie hat regelmäßig Nachrichten zu diesen erfundenen Personen in sozialen Netzwerken veröffentlicht. Mit Foto und allem. 'Hallo, ich bin zurzeit gerade in Asien!' Dazu aus einem Bildarchiv ein passendes Bild von einem jungen Mann, der angeblich aus Ostfriesland stammt und nun zurzeit Surflehrer auf Bali ist, weil es da nicht so kalt ist wie auf Norderney oder am Großen Meer. Und davon gibt es mehrere!"

„Scheint wirklich eine Fulltime-Beschäftigung von Frau Geiken gewesen zu sein", stellte Altje fest.

„Aber deswegen wird sie ja wohl niemand umgebracht haben", meinte Steen. „Und vor allem gibt es da ja auch keine Verbindung zu Kirsten Oltrogge, die ja nun keine Computer-Expertin war." Steen wandte sich an Altje. „Hat Ihno irgendetwas herausgefunden?"

„Nein. Aber er ist auch noch nicht fertig. Jedenfalls kann man wohl mit Sicherheit sagen, dass keiner von Bernhardine Geikens unmittelbaren Nachbarn eine Ankerkette besaß, geschweige denn, dass sie abhandengekommen wäre. Und wie war es bei Onno?"

Steen machte eine wegwerfende Handbewegung. „Reden wir lieber nicht darüber. Aber Tatsache ist, dass irgendjemand bei ihm eine Ankerkette verlängern lassen wollte und die beiden sich nicht einig wurden."

„Wir sollten mal systematisch alle Adressen abklappern, wo man so etwas machen lassen kann", schlug Altje vor. „Bootsbauer, was weiß ich …"

„Gut. Fang morgen damit an, Altje", sagte Steen.

Altje seufzte. „Ich wusste doch, dass ich mich besser zurückgehalten hätte …"

## Kapitel 29

Es war Nacht. Die Sterne glitzerten an dem weitgespannten ostfriesischen Himmel, der sich über das Große Meer wölbte. In der Ferne waren die Lichter von Emden zu sehen. Die Sterne spiegelten sich im Wasser.

Gegen Abend trat häufig Windstille ein und dann war die Wasseroberfläche vollkommen glatt.

Aiko van Haye angelte in der Hafenbucht am Großen Meer und hatte dazu im Heck eines am Bootssteg festgemachten Jollenkreuzers Platz genommen.

Der Jollenkreuzer hieß JERRY - in ungelenken Großbuchstaben, die wahrscheinlich freihändig und ohne Schablone aufgetragen worden waren, stand der Name am Bug.

Sah nicht wirklich akkurat aus, aber dafür war es originell und unverwechselbar.

Die JERRY gehörte Aiko van Haye nicht. Aber um diese Zeit segelte niemand und der Besitzer des Jollenkreuzers würde wohl kaum auftauchen und ihn von seinem Boot vertreiben. In der Hafenbucht war alles genauestens geregelt. Die Boote auf der einen Seite gehörten den Mitgliedern des Emder Yachtclubs, die Boote auf der anderen dem Auricher. Und die Fische im Wasser dem Anglerverein. Letzterem gehörte Aiko van Haye an.

Er saß da und beobachtete jede Regung im Wasser, horchte auf jedes Plätschern.

Drei Angeln hatte Aiko positioniert.

Er knöpfte sich seinen Parka zu.

Nachts konnte es manchmal empfindlich kalt werden. Vor allem in den frühen Morgenstunden. Aiko van Haye saß oft bis zum Sonnenaufgang an seinem jeweiligen Angelplatz. Eine Nacht wie diese - klar, kalt und ruhig - gehörte zu den schönsten Dingen, die er sich vorstellen konnte.

In so einer Nacht konnte man inneren Frieden finden.

Man konnte vergessen, was sonst alles im Leben vielleicht schieflief. Und das war bei Aiko van Haye nicht wenig! Seine Ehe war gescheitert und vor einem Jahr hatte er seinen Job als Außenhandelskaufmann verloren. Zwar hatte er relativ schnell eine neue Anstellung gefunden, verdiente jetzt aber erheblich weniger.

Er wohnte in Aurich, aber während der gesamten Campingsaison wohnte er überwiegend auf dem Campingplatz am Großen Meer. Er mochte die Gemeinschaft unter den Campern, den täglichen Tratsch und die langen Angelnächte. Natürlich konnte er sich die nur am Wochenende leisten oder wenn er Urlaub genommen hatte, so wie zurzeit.

Manchmal hatte er schon gedacht, es hätte ihn schlimm getroffen. Aber wenn ihn eine depressive Stimmung zu überkommen drohte, dann dachte er an seinen Campingnachbarn und dessen Tochter. Martin Trave hatte es ohne Zweifel noch sehr viel schwerer. Vor allem natürlich, weil er sich um seine pflegebedürftige Tochter kümmern musste. Aber nicht nur deswegen.

Jedenfalls relativierte der Gedanke an die Traves vieles.

*Ich sollte mir irgendwann einen eigenen Rasenmäher anschaffen!*, ging es Aiko in diesem Augenblick durch den Kopf. Dann bin ich nicht mehr darauf angewiesen, dass der Jürgen mir den Mäher vom Platz leiht!

Irgendetwas bewegte sich im Wasser.

Vielleicht war es auch einfach nur eine Täuschung gewesen. Aiko war sich nicht ganz sicher. Die Angelruten blieben jedenfalls vollkommen ruhig. Sie zitterten nicht einmal.

Etwas anderes lenkte jetzt Aikos Aufmerksamkeit auf sich. Es war ebenfalls eine Bewegung - aber nicht im Wasser, sondern neben dem nahen Töpferladen, der zwischen der

Hafenbucht und dem Campingplatz lag. Um diese Zeit war der Töpferladen natürlich geschlossen. Er lag beinahe vollkommen im Schatten. Nur ein Teil des Daches wurde vom fahlen Licht des großen, fast ganz runden Mondes angestrahlt und in ein eigenartiges Licht getaucht.

Ein Schatten hob sich dunkel ab und bewegte sich.

*Vielleicht kommt noch jemand, der sich zu mir setzt!*, ging es Aiko van Haye durch den Kopf. Er angelte gerne in Gesellschaft. Manchmal setzte sich in den langen Angelnächten jemand für ein paar Stunden zu ihm. Meistens Rentner, die nicht schlafen konnten und ebenfalls Angler waren.

Der Schatten war zunächst verschwunden. Verschluckt in der großen Dunkelzone, die am Tag die frühere Liegewiese der ehemaligen Badeanstalt war, die es irgendwann mal hier gegeben hatte. Aber diese Liegewiese lag so tief, dass sie nach einem Regenguss knöcheltief unter Wasser stand. Um sie trocken zu legen, hätte es erheblicher Investitionen bedurft und zu denen war die Gemeinde einfach nicht bereit. Alle Jahre wieder lag das Thema auf dem Tisch des Gemeinderates, aber es war wohl nach Lage der Dinge nicht zu erwarten, dass aus dem moosigen Sumpf zwischen Töpferladen und Bootsanlegern jemals wieder eine Liegewiese werden würde.

Als Aiko van Haye den Schatten dann erneut sah, hatte dieser schon fast den Bootsanleger erreicht.

Wenig später waren Schritte auf dem Holz des Anlegesteges zu hören. Entschlossene, schnelle Schritte.

„Moin", sagte Aiko van Haye ins Dunkel.

Eigentlich erwartete er eine Erwiderung. Aber die kam nicht.

Aiko stand auf. Der Jollenkreuzer JERRY schwankte ein wenig an den Seilen. Eine der Kunststoffbojen, die verhindern sollten, dass der Bootskörper am Steg scheuerte, quietschte leicht.

Der Schatten blieb stehen.

Mondlicht fiel in das Gesicht. Nur für einen kurzen Moment zwar, aber lange genug, um es zu erkennen.

„Ach, du bist es! Hör mal, was ich wegen der Ankerkette gesagt habe, die in deinem Kofferraum war …"

Der Schatten schwang sich an Bord. Er war überraschend behände. Irgendetwas war in seiner Hand. Ein schneller Schlag folgte.

Aiko van Haye spürte noch einen rasenden Schmerz an der Schläfe. Alles drehte sich. Er taumelte. Den zweiten und dritten Schlag spürte er schon gar nicht mehr.

## Kapitel 30

„Steen!"

Steen schreckte hoch, als er Altjes durchdringende Stimme hörte.

„Was ist?"

„Erstmal Moin würde ich sagen. Meine Güte, muss man schreien, damit du wach wirst?"

„Du hast aber auch ein durchdringendes Organ!"

„Ja, was glaubst du denn! Wenn bei uns auf dem Hof mein Pa auf der einen Seite der Wiese ist und ich auf der anderen - glaubst du, da laufe ich extra hin, wenn ich was von ihm will?"

„Nee, du schreist, Altje."

„Ich rufe. Das ist was anderes."

„Na, jedenfalls habe ich keinen Zweifel daran, dass dein Pa dich hört, wenn er auf der anderen Seite der Wiese ist."

„Worauf du wetten kannst!"

„Und euer ausgebüxter Bulle erschreckt sich so, dass er freiwillig und ganz lammfromm in den Stall zurückkehrt, nur damit er diese Stimme nicht mehr hören muss!"

„Haha!"

„Wahrscheinlich geht er sogar eines Tages freiwillig zum Schlachter, wenn du ihn auf deine Art ansprichst, Altje!"

„Jetzt ist aber gut, Steen!"

„War ein Spaß."

„Ich finde, das war jetzt unsensibel gegenüber einer zartfühlenden, emotional leicht verletzlichen Kollegin!"

„Das ist aber jetzt auch ein Spaß, Altje?"

„Auch wenn man es mir nicht gleich anmerkt, Steen: In mir ist eine zarte Elfe versteckt!"

„Ah ja!"

„Und jetzt mal zu dir: Hast du hier im Büro gepennt?"

Steen gähnte und nickte dann. „Bin eingeschlafen. Ist der Kaffee von gestern Abend noch warm?"

„Ist er. Aber du solltest Tee trinken, Steen. Wie ein echter Ostfriese."

„Ich trinke Tee."

„Ich sehe dich im Dienst immer nur Kaffee trinken."

„Ja, weil ich wach bleiben will und weil ich Tee nur dann trinke, wenn er wirklich stilecht zubereitet ist. Nicht so eine Teebeutel-Plörre."

Altje deutete auf den Bildschirm von Bernhardine Geikens Computer. „Wie ich sehe, hast du dich auch festgelesen."

„Und wie", gab Steen zu.

„Ist schon erstaunlich, wie sich die Frau Geiken in Männer hineinversetzen konnte, findest du nicht? Als wäre sie selbst ein Kerl! Das ist so schräg ..."

„Ja, das ist tatsächlich erstaunlich."

„Zumal sie keine Kinder hatte! Ich meine, wenn sie jetzt Söhne in dem Alter gehabt hätte, dann hätte ich ja verstanden, woher das kommt. Aber das hat sie ja nicht!"

„Ich bin noch auf etwas anderes gestoßen, was mich nicht losgelassen hat."

„Und was?"

„Ich bin die Mails durchgegangen, die sie erhalten hat."

„Und?"

„Unter anderem war eine Mail von einer anonymen Wegwerfadresse dabei, die einige Zeitungsartikel als Anhänge enthielt."

„Was für Zeitungsartikel?"

„Es ging um eine junge Frau, die sich aus einem Fenster gestürzt hat, um sich umzubringen, dann aber schwer verletzt überlebt hat, lange im Koma lag und schließlich ein Leben im Rollstuhl führt."

„Klingt nach dem Schicksal von Melanie Trave", sagte Ulfert, der in diesem Moment gerade hereingekommen war

- offenbar noch rechtzeitig genug, um Steens letzte Sätze mitzubekommen.

Ihno Purwin kam in Ulferts Gefolge herein. „Moin allerseits".

Ein Chor antwortete ihm: „Moin!"

„Klang fast so wie beim Gebet in der Kirche", meinte Altje.

Steen wandte sich an Ulfert. „Die junge Frau war tatsächlich Melanie Trave aus Oldenburg. Und natürlich habe ich mich gefragt, wieso jemand Frau Geiken eine E-Mail mit solchen Zeitungsartikeln schickt."

„Gibt es da irgendeinen Zusammenhang?", fragte Ulfert. „Ich meine, zwischen den Traves und Frau Geiken?"

„Das weiß ich nicht", sagte Steen. „Jedenfalls habe ich mir daraufhin mal genauer angesehen, wonach Frau Geiken so alles im Internet gesucht hat. Anhand des Verlaufs war das ja nachvollziehbar."

„Und?", fragte Altje.

„Sie hat sich selbst eingehend über das Schicksal von Melanie Trave informiert. Das steht für mich fest. Alles, was sie über den Fall in Erfahrung bringen konnte, hat sie sich angesehen - und da gibt es einiges, denn der Fall hat zumindest im Umkreis von Oldenburg einiges an Aufmerksamkeit erregt."

„Gestern hast du noch gefunden, dass das ein Nebengleis unserer Ermittlungen ist", meinte Altje. „Und jetzt stellt sich heraus, dass du dir die ganze Nacht damit um die Ohren geschlagen hast."

„Jedenfalls habe ich meine Zeit nicht damit zugebracht, Bullen zu jagen", gab Steen zurück.

„Ach, Steen, darauf musst du jetzt nicht nochmal herumhacken."

„Ich bin da auf eine Sache gestoßen, die dem ganzen Fall eine neue Wendung gibt", sagte Steen.

„Erzähl!"

„Aber im Moment nur die Kurzfassung, denn ich muss nun erstmal was frühstücken, sonst kollabiere ich ...“

## Kapitel 31

Steen ging zum Stadtcafé am Delft, um zu frühstücken. Von der Dienstelle der Kripo aus konnte er da sogar bequem zu Fuß hingelangen. Außerdem tat ihm die Bewegung ganz gut.

Was er jetzt brauchte, waren klare Gedanken.

Ein kühler und ziemlich heftiger Wind wehte von der Nordsee und fegte zwischen die Emder Häuserzeilen. Steen musste sogar seine Prinz-Heinrich-Mütze festhalten, kurz bevor er das Stadtcafé erreichte.

Beim Frühstücken ließ Steen sich Zeit. Er sah überhaupt nicht ein, warum er sich hätte beeilen sollen. Schließlich hatte er ja die Nacht durchgearbeitet. Er ließ den Gedanken freien Lauf, während er an einem der Fensterplätze saß und zum Delft hinausblickte. Ein außer Dienst gestellter Seenotrettungskreuzer lag dort vor Anker und diente als Museum.

„Schade, dass der Weihnachtsmarkt nicht mehr auf dem Delft abgehalten wird", hörte er eine Frauenstimme sagen. An einem der Nachbartische hatten zwei ältere Damen Platz genommen. „Da waren die Stände immer auf den Schiffen und auf Pontons auf dem Delft. Aber das wollte man nicht mehr ..."

„Wieso das denn nicht?", fragte die andere Frau.

„Weil das die Kunden aus der Innenstadt ziehen würde. Jetzt kommen die gar nicht mehr. Jedenfalls nicht die Busladungen, die früher zum Weihnachtsmarkt kamen. Da war mehr los als auf dem Matjesfest im Frühjahr!"

„Na, bis Weihnachten ist es ja auch noch ein ganzes Stück hin."

Steens Telefon klingelte.

„Hier Steen. Was ist los?"

Die beiden Frauen hatten ihre Unterhaltung unterbrochen. Sie hatten sogar aufgehört zu kauen. Steens Handygespräch schien ihre Aufmerksamkeit jetzt vollkommen zu fesseln.

„Ich habe einen Bootsbauer gefunden, der eine Ankerkette verlängern ließ", sagte Ulfert am anderen Ende der Leitung. „Das ist Hinrichs & Grebe an der Nesserländer Straße. Ich fahre gleich mal hin."

Steen wollte antworten, aber dann begegnete er den aufmerksamen Blicken der verstummten Zuhörerinnen.

„Moin und guten Appetit", sagte Steen in Richtung der beiden Frauen.

„Was?", hörte er Ulfert irritiert sagen.

„Das war nicht für dich, Ulfert."

„Habe ich mir fast gedacht."

„Weiß man, wer dieser Kunde war?"

„Erfahre ich, wenn ich hinfahre. Die suchen die Unterlagen raus."

„Gut."

„Aber der Mitarbeiter erinnert sich daran, dass derselbe Kunde nur wenige Tage nachdem er die erste Kette mitgenommen hatte, eine völlig neue bestellte."

„Und die hat er auch schon abgeholt?"

„Hat er. Aber überleg doch mal, Steen! Die erste Kette war ja weg, weil er damit Frau Geiken versenkt hat. Also brauchte er eine neue!"

„Ja, das ergibt Sinn", musste Steen zugeben.

„Und abgesehen davon braucht man sich auch nicht zu wundern, dass weit und breit an keinem Boot so eine Kette fehlte oder vermisst wurde."

„Du meldest dich wieder, ja?"

„Willst du denn noch lange frühstücken?"

„Nein, bin fertig."

„Dann tschüss bis nachher."

„Tschüss."

## Kapitel 32

Steen war bereits wieder auf dem Rückweg, als neben ihm ein Einsatzwagen mit Blaulicht hielt. Am Steuer saß Altje. Sie machte ein Zeichen, mit dem sie Steen bedeutete einzusteigen. Der ließ sich nicht lange bitten.

Er riss die Tür auf und setzte sich auf den Beifahrersitz. Altje trat das Gaspedal durch. Der Streifenwagen machte einen Satz nach vorn. Steen wurde in den Sitz gedrückt.

„Schnall dich an!", rief Altje. „Ist Vorschrift!"

Steen wollte etwas sagen, aber im nächsten Moment ließ ihn der Klang des Martinshorns zusammenzucken, das Altje eingeschaltet hatte.

„Ich kann nur hoffen, dass es wirklich um etwas Wichtiges geht", sagte Steen.

„Geht es!", versicherte Altje. „Wir fahren zum Großen Meer."

„Und weswegen?"

„Weil es dort eine Leiche gibt", sagte Altje. „Mutmaßlich ermordet. Kollegen sind schon am Tatort."

„Was für Kollegen?"

„Purwin ist unterwegs und außerdem sind noch mehrere Beamte aus Aurich dort."

Altje trat an der nächsten Kreuzung mit voller Kraft in die Eisen. Die Reifen quietschten. Nur knapp entgingen sie einem Frontalzusammenstoß mit einem einbiegenden Lieferwagen. Dessen Fahrer gestikulierte aufgebracht.

„Hast du den Führerschein im Lotto gewonnen, oder was!", rief Altje. „Ist ja nicht zu glauben!"

Sie fuhr weiter. Die anderen Verkehrsteilnehmer machten dem Dienstwagen mit eingeschaltetem Blaulicht und Martinshorn Platz.

Steen war froh, angeschnallt zu sein, denn Altjes Fahrstil war gelinde gesagt offensiv. Der Kriminalhauptkommissar entschied, die Fragen, die ihm auf der Zunge lagen, fürs Erste zurückzustellen.

Zumindest so lange, bis Altje sich beruhigt hatte und man vielleicht einen Streckenabschnitt erreichte, der nicht so hohe Ansprüche an die Fahrerin stellte.

Als sie schließlich die Landstraße Richtung Aurich entlangfuhren, entschied Steen, dass nun der richtige Augenblick gekommen war.

„Jetzt sag mir bitte mal, worum es geht!"

„Eine Leiche im Großen Meer."

„Wer hätte das gedacht: Auch in einem durchschnittlich ein bis anderthalb Meter tiefen Gewässer kann man ertrinken."

„Der Mann lag in einem Jollenkreuzer namens JERRY. Die Taue des Bootes wurden gelöst. Es ist daraufhin abgetrieben und bei den sumpfigen Schilf-Inseln an der Grenze zum Naturschutzgebiet gestrandet. Der Meerwart hat es mit seinem Motorboot in den Hafen zurückgeschleppt."

„Und man weiß noch nicht, wer der Tote ist?"

„Erfahren wir sicher gleich, Steen." Altje atmete tief durch. Ein Seufzer, der ihren ganzen gegenwärtigen Gemütszustand in einem einzigen Geräusch perfekt zusammenfasste. „Drei Morde in so kurzer Zeit! Das hatten wir lange nicht!"

„Na ja, streng genommen ..."

„... wissen wir noch nicht, ob es ein Mord war. Aber gehen wir mal davon aus."

## Kapitel 33

Wenig später erreichten Steen und Altje das Große Meer. Das letzte Stück mussten sie laufen, denn die Parkplätze und Wege waren schon mit anderen Einsatzwagen zugestellt.

Außerdem gab es jede Menge Schaulustige, die gucken wollten, was im Hafen los war.

Steen lief in Richtung der Bootsstege. Er sah gleich das Motorboot des Meerwarts, der den Jollenkreuzer in den Hafen zurückgeschleppt hatte. Motorisierter Bootsverkehr war auf dem Großen Meer nur in Ausnahmefällen erlaubt.

Auch auf dem schmalen Bootssteg war es eng.

„Platz da, ich komme!", rief Altje.

„Ach, Altje! Was sollen die Leute denn machen? Aus Respekt ins Wasser springen?", meinte Steen.

„Moin, Tammo!", begrüßte Steen den Reporter vom Ostfriesenblatt, während er sich an ihm vorbeidrückte. „Wir wissen noch nichts!"

„Moin, Steen! Heute mal wieder besonders auskunftsfreudig!"

Der Kripobeamte brummte unbestimmt vor sich hin.

„Der Doktor aus dem Dorf sagt, es war ein Schlag auf den Kopf mit einem stumpfen Gegenstand!"

Steen hielt an und drehte sich nochmal halb zu Tammo Tjaden um. *Ich weiß noch nicht mal, wer tot ist und der Kerl hat schon die mutmaßliche Todesursache!*, ging es dem Kriminalhauptkommissar durch den Kopf. *Das darf nicht wahr sein!*

Seinem Gesicht war anzusehen, wie sehr er sich ärgerte.

„Ärgern bringt nichts!", empfahl Tammo Tjaden. „Echt nicht!"

Leider blieb Steen nichts anderes übrig, als Tjaden stumm recht zu geben.

„Steen!", rief eine dröhnende Stimme.

Das war Ihno Purwin. Der stand am Heck des Jollenkreuzers.

„Moin", grüßte Steen, als er sich an Bord schwang.

„Ich bleib mal besser hier", meinte Altje, als Steen das schwankende Boot betrat. Bis dahin hatte der Rücken eines weiteren Mannes das Gesicht des ausgestreckt auf dem Boden liegenden Toten verdeckt.

„Das ist Dr. Jan-Dirk Benneter", stellte Ihno Purwin den Arzt vor.

„Gerichtsmediziner?", fragte Steen, obwohl er wusste, dass diese Frage überflüssig war.

„Allgemeinmediziner", antwortete Benneter. „Ich habe meine Praxis in Forlitz-Blaukirchen, hier gleich um die Ecke. Ihr Kollege hat mich gerufen."

„Er hat mir mal geholfen, als mir so ein betrunkener Idiot auf den Fuß getreten ist und ich einen schwarzen Nagel hatte", erklärte Ihno Purwin.

„Ja, wer sich mit deinen Füßen auskennt, den kann nichts mehr schrecken", meinte Steen. „Auch Tote nicht ..." Und dann sah Steen das Gesicht des Opfers.

„Wir wissen noch nicht, wer er ist, aber Kollegen hören sich gerade auf dem Campingplatz ..."

Steen unterbrach Ihno Purwin.

„Das ist Aiko van Haye", sagte Steen und setzte in Gedanken hinzu: *Der Nachbar von Martin Trave.*

„Stumpfe Gewalteinwirkung", stellte Dr. Benneter fest. „Das sind Verletzungen, die ich schon öfter gesehen habe."

„So?", wunderte sich Steen.

„Nach Kneipenschlägereien und Dorffesten."

„Irgend so ein Totschläger ist da benutzt worden. Mit einem kugelförmigen Knauf ... Sie sehen hier, wie die Schläfe eingedrückt wurde und die Unterblutungen ..."

„Gibt es so viele Kneipenschlägereien in der Gegend?", fragte Steen.

„Es ist weniger geworden."
„Mich wundert, dass wir selten was davon hören."
Steens Handy klingelte.
Der Empfang war zunächst schlecht. Das Handy-Netz am Großen Meer war nicht unbedingt das beste. Steen stieg aus dem Boot, ging drei Schritte und drängelte sich dabei an Altje vorbei, die ein paar beängstigend wirkende rudernde Armbewegungen machte, um das Gleichgewicht zu halten. Glücklicherweise hatte Tammo Tjaden den Steg bereits verlassen, denn Steen hatte keineswegs vor, dem Reporter des Ostfriesenblattes irgendwelche Neuigkeiten brühwarm ins Ohr zu flüstern.
„Hallo?", rief Steen zum zweiten und zum dritten Mal - und jedes Mal etwas gereizter.
Dann hörte er die Stimme von Ulfert Jansen.
„Du warst gerade irgendwie weg."
„Jetzt hörst du mich ja."
„Ich hoffe, das Frühstück war gut."
„Was gibt es?"
„Ich bin hier gerade in der Nesserlander Straße bei dem Bootsbauer Hinrichs & Grebe am Emder Binnenhafen."
„Ja, und?"
„Du erinnerst dich: Die, bei der zweimal eine Ankerkette bestellt wurde."
„Hast du rausgekriegt, wer der Kunde war?", fragte Steen.
„Ich habe seine Kreditkartennummer und seine Bankverbindung."
„Mir wäre der Name lieber."
„Du kommst nie drauf, Steen."
„Wer?"
„Ein gewisser Martin Trave aus Oldenburg. Was sagst du dazu?"
„Das wundert mich jetzt nicht mehr", sagte Steen.
„Wie?"

„Langsam fügt sich alles zusammen", meinte Steen. „Komm zum Großen Meer, wenn du in der Nesserlander Straße fertig bist."

## Kapitel 34

Steen ging zusammen mit Altje zum nahegelegenen Campingplatz.

„Musst du so rennen, Steen?", keuchte sie.

„Ich denke, wir sollten uns etwas beeilen, Altje. Sonst ist das mit dem Mörder am Ende wie mit eurem Bullen: Er ist weg."

„Was hast du schon für eine Ahnung von Bullen", murmelte Altje vor sich hin.

Sie erreichten schließlich die Dauerplätze.

Jürgen winkte ihnen von einem Aufsitzrasenmäher aus zu, der einen ohrenbetäubenden Krach machte.

Er war gerade damit beschäftigt, eine der benachbarten Parzellen zu mähen. Jetzt stellte er den Rasenmäher ab und stieg herunter.

„Moin!", rief er und näherte sich den beiden Kripobeamten.

„Moin!", erwiderte Steen den Gruß.

„Ist ja im Moment eine Menge los hier", sagte Jürgen. „Leider kann ich hier nicht weg …"

„Sonst würden Sie auch mal gucken - oder wie?", mischte sich Altje ein.

„Ja sicher. Aber ich dachte mir, ich bekomme ja früher oder später sowieso alles mit, was da so los ist. Der Herr Menninga, unser Hafenmeister, ist auch da. Habt ihr ihn gesehen?"

„Ich muss ihn irgendwie verpasst haben", meinte Steen.

„Es soll ein Toter mit einem Jollenkreuzer hinausgetrieben sein und der Meerwart hat ihn zurückgeholt."

„Ja, das ist korrekt. Es handelt sich um Aiko van Haye."

„Oh!", entfuhr es Jürgen.

„Wir gehen davon aus, dass er erschlagen wurde."

„Tja, also heute habe ich den Aiko auch noch nicht gesehen. Da vorne ist sein Wagen. Und normalerweise hätte ich heute schon einen kleinen Klönschnack mit ihm gehalten."

„Wir werden uns mal ein bisschen umsehen", erklärte der Kriminalkommissar.

„Ja sicher. Und wenn ich euch helfen kann ..."

„Sagen Sie, der Herr Trave und seine Tochter - sind die heute gar nicht da?"

„Doch, die sind noch da. Aber weißt du, der hat heute eine große Aktion vor. Darum steht der Wagen nicht da."

„Was denn für eine große Aktion?", fragte Steen. „Meinen Sie, dass er seinen Wagen in die Werkstatt bringt, weil da irgendwas so laut schleift?"

„Hast du das auch gehört? Furchtbar klingt das. Ich hab dem Martin schon so oft gesagt: So kannst du nicht fahren. Aber in letzter Zeit war dem das alles egal. Der hat immer gesagt, das hält alles noch lange genug. Komisch, nicht?"

„Ja, komisch", gab Steen zu.

„Ich meine, da fragt man sich doch, lange genug wozu, nicht wahr?"

„Richtig."

„Aber er hatte es auch wirklich nicht leicht, der Martin. Nur, was hat denn jetzt der Martin damit zu tun, dass der Aiko …" Jürgen sprach nicht weiter. Aber Steen hatte nicht die Absicht, dem Platzwart darauf eine Antwort zu geben.

„Sie sagten, er hätte eine große Aktion vor", erinnerte ihn Steen.

„Ja, mit seinem Boot."

„Und worum geht es da genau?"

„Er hatte früher einen Jollenkreuzer hier auf dem Großen Meer. Solange seine Tochter noch gesund war."

„Das erzählten Sie."

„Als damals die Sache mit dem Fenstersturz von Melanie passierte, da ging das alles natürlich nicht mehr. Das Mädchen war ja von frühester Jugend an eine gute Seglerin gewesen und ich kann dir sagen, sie hat nichts mehr geliebt, als in einem Boot zu sitzen und die Segel zu setzen. Aber das mach mal in einem Rollstuhl und mit labiler Atmung, wenn du nicht mal den kleinen Finger bewegen kannst."

„Und jetzt?", fragte Steen. „Was ist jetzt anders?"

„Der Martin hat das Boot ja lange nicht mehr zu Wasser gelassen. Was man ja auch verstehen muss. Allein hatte er keine Lust, damit zu segeln. Abgesehen davon musste er sich ja ohnehin rund um die Uhr um seine Tochter kümmern. Aber jetzt hat er das Boot umbauen lassen."

„Umbauen?", fragte Steen.

„Behindertengerecht vielleicht", vermutete Altje.

„Ich bezweifle, dass es sowas wie einen rollstuhlgerechten, barrierefreien Jollenkreuzer geben kann, ohne dass Wasser reinlaufen würde", meinte Jürgen. „Aber im Prinzip habt ihr recht. Er hat sich eine Lifter-Konstruktion fertigen lassen, um Melanie an Bord nehmen zu können. Und er will zukünftig nicht mehr segeln, sondern auf den Kanälen und Tiefs fahren. Mit einem Motor."

„Wieso das?", fragte Steen.

„Weil das nicht so schaukelt, wenn man auf dem Kanal mit dem Motor herumschippert. Diese Schaukelei kann Melanie nicht vertragen. Segeln geht nicht mehr. Aber der Martin meint, er würde alles tun, damit seine Melanie das nochmal erleben könnte: In einem Boot sitzen und so …"

„Noch einmal erleben?", fragte Altje. „Das klingt, als ob es bald zu Ende wäre."

„Ja, das ist es wahrscheinlich auch", sagte Jürgen. „Also nicht mit der Melanie. Sondern mit ihm."

Steen hob die Augenbrauen.

„Wo ist Herr Trave jetzt? Können Sie mir da einen Hinweis geben?"

„Da hinten, am Hauptkanal hinter dem Meerwarthaus. Dort ist eine Slipanlage, und es gibt Bootsanleger am Damm", erklärte Jürgen.

„Ich danke Ihnen. "

„Und was hat das denn jetzt alles mit Aiko zu tun?", wollte Jürgen noch wissen. „Wieso ist der jetzt tot? Ich verstehe das alles nicht."

„Lesen Sie das Ostfriesenblatt. Da steht es vermutlich irgendwann in den nächsten Tagen drin", meinte Steen. *Oder auch nicht*, setzte er in Gedanken stumm hinzu.

Da hatte er die ersten Schritte zum Aufbruch bereits hinter sich gebracht.

„Wolltest du dich nicht eigentlich im Wohnwagen vom Aiko umsehen?", rief Jürgen ihm hinterher.

„Später!", rief Steen zurück.

„Wir müssen jetzt leider", entschuldigte sich Altje, die sich bemühte, mit Steen Schritt zu halten. „Keine Zeit, tut mir leid!"

„Ja, mir auch", murmelte Jürgen.

## Kapitel 35

Steen und Altje gingen zu Fuß bis zum Meerwarthaus. Etwas anderes wäre im Moment auch schlecht möglich gewesen. Ihr Dienstfahrzeug war nämlich inzwischen von nachfolgenden Wagen eingekeilt worden.

Altje war während des Weges zum Meerwarthaus ziemlich schweigsam. Aber das lag wohl daran, dass sie ihre Luft zum Laufen brauchte.

Schließlich erreichten sie ihr Ziel. Ein Damm trennte einen breiten Kanal vom Großen Meer. Dahinter lag eine Ferienhaussiedlung.

Auf der Kanalseite des Damms verlief parallel zum Ufer ein Bootssteg. Und dort war auch ein Jollenkreuzer festgemacht, der für die Verhältnisse am Großen Meer eigentlich etwas zu groß war. Genau so ein Boot, wie es den Beschreibungen entsprach, die Steen bisher von Traves Jollenkreuzer hatte.

Vor allem war das Boot groß genug, um auch einem Rollstuhlfahrer ausreichend Platz zu bieten.

Melanie Trave befand sich im Heck des Bootes, ganz in der Nähe des Ruders. Regungslos saß sie in ihrem Rollstuhl. Ihr Blick war zufällig auf Steen gerichtet.

Martin Trave befand sich am Bug. Er rutschte auf Knien, beugte sich tiefer, schraubte irgendetwas fest.

Dann zog er an einer Kette.

Einer Ankerkette.

Sowohl die Kette als auch der dazugehörige Anker waren brandneu. Sie hatten keinerlei Gebrauchsspuren. Kein Rost, keine Macke, kein Dreck, kein Belag …

Das Sonnenlicht ließ das Metall hin und wieder aufblitzen.

Trave hielt inne und blickte auf. Vielleicht hatte Altjes schnaufender Atem seine Aufmerksamkeit erregt, vielleicht hätte er sowieso innehalten müssen, er sah sehr schwach und krank aus. Sein Gesicht war aschfahl. Schweiß stand ihm auf der Stirn.

Das Befestigen der neuen Ankerkette hatte ihn offenbar über Gebühr angestrengt.

Er sah Steen an, so als ahnte er, was nun kommen würde. Für einen Moment schloss Martin Trave dann die Augen.

Aber nur für einen Moment.

„Moin, Herr Trave", grüßte Steen.

„Moin, moin", murmelte Trave.

„Ich habe gehört, Sie haben Ihr Boot umbauen lassen?"

„Wir wollen ein bisschen auf den Kanälen herumfahren. Und inzwischen habe ich einen Lifter gefunden, der passt - und der sich hier auch einbauen ließ."

„Ihre Tochter hat das Bootfahren immer geliebt", sagte Steen. „Und auch wenn der Mast nicht mehr steht und kein Segel weht - mit dem Motor auf dem Kanal herumfahren, ist besser als nichts."

Trave erhob sich. Er hatte sichtlich Mühe dabei. Kurz sah er zu seiner Tochter hinüber. Das Lächeln, das er ihr schenkte, wirkte verkrampft. Fast schmerzverzerrt. Ein Schmerz, der wohl nicht nur eine körperliche Ursache hatte, sondern vielleicht auch mit der Ahnung zusammenhing, nicht mehr zu Ende führen zu können, was er sich vorgenommen hatte.

„Sie haben eine neue Ankerkette", stellte Steen fest.

„Man muss alles mal erneuern."

„Bei Ankerketten gilt das wohl vor allen Dingen dann, wenn man mit der alten Ankerkette eine Leiche im Knockster Tief versenkt hat."

„Was wollen Sie, Herr Steen?"

Steen schwang sich an Bord und stand nun dicht neben Martin Trave. „Sie haben bei Hinrichs & Grebe in der Nesserlander Straße die Verlängerung einer Ankerkette in Auftrag gegeben."

„Und?"
„Zweimal kurz hintereinander. Herr Trave, Sie haben Frau Bernhardine Geiken umgebracht. Sie haben sie erschlagen und dazu einen stumpfen Gegenstand benutzt." Steen sah zum Rollstuhl. An einem der Griffe hing der Kurzschirm mit dem Metallknauf, den er schon einmal bei Trave gesehen hatte. „Vielleicht war der Schirm die Tatwaffe …"
„Und das können Sie auch alles beweisen, was Sie da sagen?"
„Ich denke schon. Leichenhunde können noch nach einem Jahr feststellen, wenn in Ihrem Wagen eine Tote transportiert wurde. Und ich denke, Sie haben Ihren Wagen dazu genommen. Es ist genug Platz darin, schließlich brauchen Sie viel Platz, um Ihre Tochter transportieren zu können …"
„Herr Steen, es wäre mir lieb, wenn Sie Melanie aus Ihren abstrusen Geschichten heraushalten."
„Sie haben Frau Geiken in ihrem Haus umgebracht. Wahrscheinlich haben Sie sich gestritten. Dann wurde sie von Ihnen in den Wagen gezerrt. Das ist niemandem aufgefallen, weil es Nacht war. Anschließend sind Sie zum nahen Tief gefahren. Sie hatten die Ankerkette für Ihr Boot im Wagen. Hier im Kanal ist es tief. Sehr tief. Im Großen Meer nicht. Deshalb mussten Sie sie verlängern lassen."
„Ach, kommen Sie …"
„Sie haben die Leiche im Knockster Tief versenkt. Es liegen da immer ein paar Ruderboote herum. Vielleicht haben Sie eins davon zu Hilfe genommen."
„Und warum sollte ich das tun? Diese Frau …"
„Sagen Sie jetzt nicht, dass Sie sie nicht kennen", unterbrach ihn Steen. „Sie kannten sie sehr gut. Und Ihre Tochter kannte sie sehr gut …"
„Ich sagte schon mal, Sie sollen Melanie da rauslassen!"

„Sollen wir das vielleicht irgendwo besprechen, wo sie das nicht hören kann?”, fragte Steen. „Ich fürchte aber, sie wird es so oder so erfahren müssen. Denn sie wird sonst nicht verstehen, weshalb Sie nicht mehr bei ihr sein können.”

Trave schluckte. „Was Sie sagen, ist absurd … Warum sollte ich diese Frau umbringen?”

„Es sind zwei Frauen, die Sie umgebracht haben. Zwei Frauen und ein Mann. Und alles hat damit zu tun, dass Melanie diese Frau Geiken kannte …”

„Hören Sie auf!”

„... wenn auch unter anderem Namen. Frau Geiken war sehr versiert im Internet. Sie konnte mit dem Computer gut umgehen und hatte vielleicht auch Sehnsucht danach, noch einmal ein anderes Leben zu leben. Ein ganz anderes Leben. Von vorn anzufangen. Nochmal jung zu sein. Als jemand ganz anderes. Warum nicht als jemand, der das genaue Gegenteil von einem selbst ist? Und so erfindet eine ältere Frau sich ein Leben als junger Mann. Sie meldet sich in sozialen Netzwerken auf Dating-Portalen an. Sie sucht sich Fotos von Bilderdiensten und erfindet ein komplettes Leben. Und sie berichtet darüber.”

„Ja, so etwas bringt die heutige Zeit mit sich”, versuchte Trave abzulenken.

„Frau Geiken hat nicht nur ein Leben erfunden, sondern mehrere.”

„Ach, ja?”

„Eine dieser Fake-Identitäten nannte Frau Geiken Tom Eilerts. Tom Eilerts kam aus Ostfriesland, lebte aber auf Bali und war dort Surflehrer, so die Legende. Ihre Tochter hat diesen Tom Eilerts kennengelernt. Virtuell, im Internet. Sie haben sich geschrieben. Lange, sehr lange und sehr gefühlvolle Nachrichten. Und Ihre Tochter hat sich verliebt.”

„Was wissen Sie schon …”, murmelte Martin Trave.

„Frau Geiken hat dieses zweite Leben zunächst genauso genossen, wie Ihre Tochter. Es war einfach spannend. Wie ein Roman, dessen Ausgang man nicht kennt. Ein Rollenspiel. Aber für Ihre Tochter war das alles ernst."

„Hören Sie auf!"

„Sie wollte diesen Tom Eilerts auf Bali besuchen, denn der hatte angeblich kein Geld, um nach Deutschland zurückzukehren. Aber das ging dann nicht. Angeblich gab es einen Wirbelsturm. Ihre Tochter wollte eine Video-Verbindung. Der angebliche Tom Eilerts musste sich natürlich was ausdenken, warum das nicht funktionierte. Nach und nach realisierte Frau Geiken wohl, dass dieses Spiel aus dem Ruder lief."

„Sie haben ihre Nachrichten gelesen?", murmelte Trave.

„Ja", bestätigte Steen. „Viele davon. Ihre Tochter wollte ihr Studium aufgeben, um auch nach Bali zu gehen. Und Frau Geiken musste irgendetwas tun, um das zu verhindern."

„Das hat sie dann auch", sprach Trave mit finsterem Blick mehr zu sich selbst.

„Frau Geiken hat ihren Tom Eilerts zunächst mit Ihrer Tochter Schluss machen lassen. Aber das hat Melanie nicht akzeptiert. Sie wollte nach Bali kommen, um ihn persönlich davon überzeugen, dass sie füreinander bestimmt wären."

„Ja. Diese alte Hexe war eine verdammt gute Liebesbriefschreiberin."

„Frau Geiken war klar, dass sie aus der Nummer so einfach nicht mehr herauskam. Ihr ausgedachtes Zweitleben hatte reale Auswirkungen", fuhr Steen fort.

„Dieses miese Stück Dreck hat ein Leben zerstört!", entfuhr es Trave. „Sehen Sie, was aus meiner Tochter geworden ist! Und sie hatte alles noch vor sich …"

„Frau Geiken hat den Selbstmord dieses Tom Eilerts inszeniert. Inklusive einer dramatischen Abschiedsnachricht und eines Selfies, das angeblich Tom Eilerts zeigte, nachdem er eine Überdosis Schlaftabletten genommen hatte."

„Sie hat sogar eine Todesanzeige der angeblichen Eltern schalten lassen, die in allen Tageszeitungen Nordwestdeutschlands zu finden war", murmelte Trave. „*Wir trauern um unseren Sohn, der des Lebens überdrüssig war* ... Und dabei hat es ihn nie gegeben!"

„Ich weiß", sagte Steen. „Die war bei dem Pressematerial, das Sie Frau Geiken mit einer anonymen Mail geschickt haben."

Martin Trave schluckte. „Melanie nahm das so mit, dass sie ebenfalls versuchte, ihrem Leben ein Ende zu setzen. Das Ergebnis sehen Sie ja."

„Wie haben Sie herausbekommen, dass Tom Eilerts in Wahrheit nur die Maske einer alternden Frau mit viel Langeweile war?"

„Das war nicht schwer. Ich arbeitete als Systemadministrator und kenne mich aus."

„Sie haben Frau Geiken entlarvt. Eines Tages standen Sie vor ihrer Tür. Wie hat sie reagiert?"

„Anders, als ich dachte", gab Martin Trave zu. „Ich hatte ihr ja das Pressematerial geschickt. Sie war sehr betroffen ..."

„Und Sie fanden es gerecht, dass sie für das bezahlt, was sie getan hat", schloss Steen.

„Die Pflege von Melanie war sehr aufwändig. Was glauben Sie, was so ein Spezialstuhl kostet? Und all die anderen Dinge, die sie braucht. Den Krankenkassen ist das egal ... Die lassen Menschen wie sie in einer Pflegeeinrichtung vor sich hindämmern und hoffen, dass sie schnell sterben, damit die Solidargemeinschaft nicht belastet wird. Das nennt sich dann das medizinisch Notwendige."

„Aber dann war es irgendwann zu Ende mit dem Geldsegen. Und deswegen kam es zum Streit zwischen Ihnen. Sie haben nicht verstanden, warum Frau Geiken plötzlich kein Geld mehr für Sie hatte."

„Ich war verzweifelt", murmelte Trave. „Denn nicht nur meine Tochter ist krank. Ich selbst bin auch nicht gesund."

„Sie haben Krebs."

„Ich musste für die Zeit vorsorgen, in der ich Melanie nicht mehr helfen kann. Und das wird sehr bald sein."

„Sie wurden wütend und haben die Frau erschlagen. Aber Sie wussten noch nicht, dass auch Frau Geiken in einer Zwangslage war. Denn deren Nichte Kirsten Oltrogge war wohl schon seit längerer Zeit misstrauisch geworden. Sie hatte hohe Summen von Bekannten eingesammelt, die Bernhardine Geiken am virtuellen Pokertisch vermehren sollte. Und diese Geldgeber machten jetzt Druck!"

„Ja, die Frau Oltrogge …"

„Sie hat Ihren Wagen des Öfteren in der Nähe von Frau Geikens Haus gesehen. Vielleicht dachte sie, dass ihre Tante mit Ihnen irgendwelche Nebengeschäfte machte und deshalb all die Geldgeber nicht ausgezahlt werden konnten."

„Sie war sehr hartnäckig und kam der Wahrheit sehr nahe …"

„Deswegen musste sie sterben!"

„Hatte ich eine Wahl?"

„Für Ihre Tochter hätten Sie alles getan, nicht wahr?"

„Alles", bestätigte Trave.

„Und Aiko van Haye?", fragte Steen. „Machen Sie reinen Tisch, Herr Trave."

„Kommen Sie mir nicht damit, dass sich ein Geständnis günstig auswirken könnte", sagte Trave. „Ich glaube nicht, dass ich die vollständige Anklage noch erleben werde ..."

„Aiko war einfach zu neugierig, oder?"

„Er hatte die Ankerkette in meinem Wagen gesehen, nach der Sie überall gefragt haben", erklärte Trave. „Der Kerl stand ja dauernd neben einem. Er meinte zwar, er hätte Verständnis für mich, aber …"

„Das Risiko war Ihnen zu groß."

„Ich wollte, dass meine Tochter noch einmal mit dem Boot fahren kann. Einmal nur. Mehr hätte ich ohnehin nicht geschafft und ein anderer wird das nicht für sie tun. All der Aufwand …"

„Ja, ich verstehe."

„Herr Steen! Lassen Sie mich ablegen. Sie können im Emder Binnenhafen auf mich warten. Wo sollte ich schon hin? Glauben Sie, dass ich Melanie alleinlassen würde?"

Steen zögerte. Er schaute auf Melanie. Die junge Frau sah ihn an. Starr. Ohne Mimik. Aber es war trotzdem ein Blick, von dem Steen wusste, dass er sich lange an ihn erinnern würde.

„Ihretwegen", bekräftigte Trave seine Bitte.

„Ihretwegen", bestätigte Steen.

„Ich denke, in drei Stunden sind wir im Emder Binnenhafen. Schneller als 5 Stundenkilometer dürfen Boote in den Kanälen und Tiefs nicht fahren, weil die Bugwellen sonst die Uferböschung zerstören würden."

„Bis die Kollegen einen Leichenhund aus Oldenburg hergebracht haben und der dann in Ihrem Wagen herumgeschnüffelt hat, dauert es wahrscheinlich genauso lange", sagte Steen. „Und genau genommen habe ich ja auch erst dann genug Beweise, um Sie festzunehmen."

„Schön, dass Sie das so sehen."

„Ihren Wagenschlüssel bitte, Herr Trave!" Steen streckte die Hand aus. Trave holte den Schlüssel aus seiner Tasche und gab ihn Steen.

„Hier!"

„Seien Sie pünktlich, Herr Trave."

„Das werde ich sein."

Steen verließ das Boot. „Soll ich das Tau lösen?"

„Gerne."

Wenig später sahen Steen und Altje vom Steg aus zu, wie der Jollenkreuzer den Kanal entlangfuhr. Der Motor blubberte.

„So ganz richtig war das ja jetzt nicht, Steen", meinte Altje.

„So wie mit der Bullenjagd in der Dienstzeit?", fragte Steen.

„Chef! Das kannst du nicht vergleichen."

„Nee, das kann man wirklich nicht", gab Steen zu.

„Genau das meine ich ja!"

„Aber ich bin anderer Meinung", erwiderte Steen. „Es *war richtig*."

„Ich glaube, meine Bullenjagd meinst du jetzt aber nicht, oder?"

„Nee", sagte Steen. „Die hab ich nicht gemeint."

**Ostfrieslandkrimi Empfehlungen des Klarant Verlages**

**„Mord in Greetsiel“**

Taschenbuch ISBN: 978-3-95573-272-1
eBook ISBN: 978-3-95573-271-4

*In Greetsiel geschieht ein Mord nach dem anderen: Erst eine Journalistin, die einer heißen Story auf der Spur war, dann mehrere Pharmavertreter, denen nach dem Mord brutal die Pulsadern aufgeschnitten werden. Treibt ein kranker Serienmörder sein Unwesen in Ostfriesland? Die zuständigen Kriminalbeamten geraten bei den Ermittlungen an ihre Grenzen, doch dann stößt eine Rechtsmedizinerin mit ihren unorthodoxen Ermittlungsmethoden auf den Fall und ermittelt auf eigene Faust. Natürlich missfällt dies dem Mörder - so sehr sogar, dass die tödliche Gefahr nun auch auf die Ermittlerin lauert…*

***Leserstimmen zu „Mord in Greetsiel“***

*"Der Ostfriesenkrimi ist spannend von Anfang bis Ende! Einmal angefangen konnte ich es nicht mehr aus der Hand legen. Toller Lokalkolorit der Ostfriesen, mit Witz, Spannung und Mord. Die Autorin hat einen schnellen Spannungsbogen aufgebaut, der das Buch so lesenswert macht. Eigenwillige Ermittlerin, eigenwillig gut. Fesselnd geschrieben!"*

*"Ein lockerer Ostfrieslandkrimi für zwischendurch. Er überzeugt sowohl durch Charme als auch durch Spannung. Eine klare Leseempfehlung!"*

*"Ein wirklich wieder sehr gelungener Krimi aus der Feder dieser Autorin!"*

**„Mord in Wiesmoor“**
Taschenbuch ISBN: 978-3-95573-336-0
eBook ISBN: 978-3-95573-337-7

*In Wiesmoor wird die Mutter eines Landwirts tot aufgefunden erstickt, mitten auf dem Hof. Zufällig sind Josefine und Jessica gerade vor Ort, denn auf dem Bauernhof in Ostfriesland wollten die beiden ein gemütliches Strickwochenende verbringen. Jetzt, wo es eine Leiche gibt, ermittelt Josefine, die Rechtsmedizinerin im Ruhestand, kräftig mit. Mit ihren unorthodoxen Ermittlungsmethoden findet sie schnell heraus: Die Ermordete hatte sich im Leben nicht viele Freunde gemacht. Steckt die Leiterin des auf dem Hof stattfindenden Strickkurses Maria Fokken dahinter? Sie und die Tote hatten eine unschöne gemeinsame Vergangenheit ... Oder hat ihre Schwiegertochter Tomke die endlosen Beleidigungen einfach nicht mehr ertragen? Seit der Tat ist auch Tomkes Bruder verschwunden, auf der Suche nach ihm taucht eine weitere Leiche auf, und ausgerechnet Jessica gerät in tödliche Gefahr...*

***Leserstimmen zu „Mord in Wiesmoor“***
*"Top Spannung und Unterhaltung, von mir gibt es dafür 5 Sterne!"*

*"Toll geschrieben, viel ostfriesische Mentalität, die Reihe könnte mir ans Herz wachsen. Daumen hoch!"*

*"Susanne Ptak hat eine so fesselnde Art zu schreiben, dass man um sich herum alles vergisst. Ich liebe diese Bücher und hoffe auf viele Fortsetzungen.......und ich fühle mich meinem geliebten Ostfriesland beim Lesen so nahe!"*

**Klarant Verlag**

Lernen Sie die Ostfrieslandkrimi-Titel des Klarant Verlages kennen und besuchen Sie uns im Internet unter:

**www.ostfrieslandkrimi.de**

und

**www.klarant.de**

Sie können dort Näheres über unsere Autoren erfahren, viele weitere interessante Bücher und eBooks finden und Leseproben herunterladen. Mit dem kostenlosen Newsletter auf:

**www.ostfrieslandkrimi-lesen.de**

erhalten Sie aktuelle Informationen rund um das Verlagsprogramm, wie beispielsweise spannende Neuerscheinungen und Gewinnspiele.